王宗仁作品自选集系列

雪山壶中煮
XUESHAN HUZHONGZHU

王宗仁 著

青海人民出版社

图书在版编目（CIP）数据

雪山壶中煮／王宗仁著．——西宁：青海人民出版社，2022.11
（王宗仁作品自选集系列）
ISBN 978-7-225-06403-1

Ⅰ．①雪… Ⅱ．①王… Ⅲ．①散文诗—诗集—中国—当代 Ⅳ．① I227.6

中国版本图书馆 CIP 数据核字 (2022) 第 180235 号

王宗仁作品自选集系列

雪山壶中煮

王宗仁　著

出 版 人	樊原成
出版发行	青海人民出版社有限责任公司
	西宁市五四西路 71 号　邮政编码：810023　电话：（0971）6143426（总编室）
发行热线	（0971）6143516 ／ 6137730
网　　址	http://www.qhrmcbs.com
印　　刷	青海新宏铭印业有限公司
经　　销	新华书店
开　　本	890 mm × 1240 mm　1/32
印　　张	9.75
字　　数	200 千
版　　次	2022 年 11 月第 1 版　2022 年 11 月第 1 次印刷
书　　号	ISBN 978-7-225-06403-1
定　　价	45.00 元

版权所有　侵权必究

目录

戈壁泉	001	温泉兵站	017
沙漠里的脚印	002	楚玛尔河	018
昆仑教练场	003	车笛,养路工的神经	019
骆驼草	004	昆仑路	020
红柳不悲伤	005	抱着戈壁入睡	021
大山,从肩垫上移走	006	高原车场之夜	022
水塔,雪山下的巨人	007	提一桶歌声	023
沙漠湖,高原的乳房	008	雨的形象	024
戈壁的夜	009	泉水河流着月亮	025
道班	010	雪 泪	026
拧	011	无名烈士墓	027
轮印	012	雪山壶中煮	028
"铆钉"	013	背包,沙漠的印章	029
缝	014	泉水河	030
花	015	窗	031
无尽的里程碑	016	风来了,并不清爽	032

目录

哭泣的野花	033	山崖枯树	053
沙丘与地毯	034	小溪流影	054
拉萨河小景	035	道班门前十棵树	055
行车梦	036	桌子柳	056
云中小屋	037	拉萨雪顿节	057
手缉云	038	昆仑瀑布	059
六月雪	039	转　经	060
星星说：我还会回来	040	一颗遗弃的种子	061
朝圣者	042	枪　声	062
阿尔顿曲克流淌着默默的小河	043	黑河镇一瞥	064
衰　草	044	七月的拉萨河	066
盘山公路	045	夜，安多买马有一盏灯	068
灯笼花	046	牧　童	069
草原炊烟	047	飞　车	071
昆仑雾	049	坠　落	073
梦昆仑	051	背　影	074

目录

等你	075	听泉	100
胸膛	076	世界屋脊有一条楚玛尔河	102
我不愿锁在金盒里	077	不冻泉	103
一堵残墙	079	匆匆的云	105
白刺根的价值	081	青藏公路零公里处	106
野枸杞	082	半截路	107
问路将军楼	083	鱼鸥之死	109
冷枪	085	走昆仑	112
望柳庄	087	变异的菊花	114
溪卡天线	089	小树,就是爸爸的坟	116
唐古拉山	091	信徒	118
海市蜃楼	093	除夕,雪山上一行印戳	120
昆仑草	094	雪山汽笛,春的颗粒	122
没有墓碑的陵园	095	南八仙,有顶不倒的帐篷	124
重返杨柳沟	097	在戈壁	126
格尔木的夜	099	想你	128

目录

地平线	129	日光城	148
藏女的手镯	130	拉萨没有失去声音	149
昆仑飞泉	131	西行之恋	150
倒淌河	132	对一匹野驴的祭言	151
沉甸甸的青稞熟了	133	昆仑月	153
驼铃,沙漠的灵魂	134	五道梁的童话路程	154
道班房	135	雪原白杨树	155
兵坟与珠穆朗玛峰	136	雪,太阳的珍珠	157
嘛呢堆今昔	137	雪线温泉	158
藏村的灯	138	楚玛尔河的黎明	160
题西藏牦牛	139	关于一张脸盘的描写	162
将军与酒	141	雪　声	164
唐　柳	143	雪山小鸟	165
西　藏	144	藏族阿妈是一道风景	166
冈底斯山的黎明	145	西藏的雪	167
车过古寺	146	夜的拉萨河	168

目录

藏家少女	169	雪山哨所	187
漠原小树	170	野 趣	188
挂在帐篷顶的皮袄	171	谷露废墟	189
雕 像	173	永远的姿势	190
女兵祭	174	没有一棵树的城市	191
对一台军车残骸的沉思	175	受伤的可可西里草原	193
小镇黎明的翅膀	177	唐古拉山口的兵雕	194
生命,在沙漠深处	178	拉萨西郊有一间小屋	195
戈壁印象	179	源头之夜	196
境 界	180	燃烧的拉萨河	198
汽车兵	181	西藏,一个落雪的夜晚	199
哨兵,在八廓街口	182	流浪的牦牛	200
布达拉宫	183	拉萨牧羊女	201
我淌过拉萨河	184	在布达拉宫对面	202
雪 梦	185	藏北炊烟	203
雪崖上,小鸟唱着悲歌	186	红 柳	204

目录

冻河的养分与力量	205	饮马河远离春天	222
信到兵站	206	可可西里的月亮像太阳	223
兵站窗台的无名花	207	无月的夏夜	224
安多，冰雪砌成的小城	208	不冻泉废墟	225
夜，一只迷途的羊羔	210	雨后拉萨	226
五道梁的童话路程	211	冬季长久留在源头	227
冈底斯山晨景	212	藏北河流	228
藏族猎人	213	雪是天地的唇	229
一头受伤的野驴	214	日喀则思考	230
死去的胡杨树	215	扎什伦布寺旁有一只吃草的羊	231
不走人的小路	216	月光下的雅鲁藏布江	232
戈壁滩瘦弱的灯光	217	夏　月	233
荒原鸡啼	218	寺檐的铃铛是日喀则的眼神	234
遥远的春风	219	亚东的灯光累了	235
路边的灯	220	八井的特殊风景	236
沙漠是另一种生活	221	在山顶爬山	237

目录

夜走年楚河	238	从西宁乘火车去格尔木	258
那曲太阳很年轻	240	老兵坟上有棵红柳	259
枣木手杖	241	青　海	261
大雪围城	243	湖　畔	262
月亮的孩子	244	怀念一个地名和一个女人	263
纳赤台小酒店	245	西行路过昆仑山	266
察尔汗降生的女孩	246	弯曲的里程碑	268
楚玛尔河	247	可可西里	270
布达拉宫顶上的雪	248	昆仑陵园	273
牧　归	249	格尔木河	274
拉萨河谷的空房子	250	南山口	275
通往拉萨的路	251	月夜的忧伤	276
远方的远方	252	山中路灯	277
大堡子旧事	254	精彩的村庄	278
经过盐湖	255	将军楼	279
日月山上的小树	256	暮晚中的小河	280

目录

旷野闲屋	281	唐古拉山夜灯	290
那曲镇	282	山顶上的卓玛	292
想起六十年代格尔木某年某月的		楚玛尔河	294
某个傍晚	283	月亮祭	295
日喀则	284	藏北土冢	296
亚　东	285	可可西里的露	297
羊八井	286	倒淌河	298
谷　露	287	戈壁花店	299
吹鹰笛的女孩	288	夜　雪	300
兵站窗台的花	289	二道沟	301

戈壁泉

六月，炎阳似火，戈壁滩干得冒烟，空气都烤得吱吱发响。这里处处是沉重的负担。

一队奔赴边疆的军车，卷着热风、沙尘、黄浪，在戈壁中间的公路上艰难地行驶着，硬壳壳的沙地上轧出了两行干渴的轮印。

车队小憩。人渴、车干，水箱口嘟嘟冒着白烟。忽然，一阵清泉似的声音响起：

"解放军叔叔，请喝一碗凉开水。"

一队藏族红领巾笑盈盈地站在汽车前，他们提着水壶，端着小铜碗，递到了驾驶员嘴边。啊，孩子们在沙漠里设立了茶水站！瞧，那一碗碗清悠悠的水，盛着多少爱，多少情！可以推知，他们为了这碗水跑了不少路。看，沙地上那一行行深深的小脚印，记着孩子们跋涉的艰辛！

司机接过水，只是抿了抿，润润喉咙，就把水倒进冒着白烟的水箱口。小铜碗像春雨中的屋檐，一股清亮亮的水流进了汽车发动机，也流进了驾驶员心田。自然，也流进了孩子们幼小的心里。

还是六月炎阳下的戈壁滩，可是，此刻燥热没有了，热风也变得湿漉漉。

孩子们手中的碗是一眼戈壁泉。这戈壁泉的故事被焦灼的热风传得很远，很远……

1977 年第 5 期《诗刊》

沙漠里的脚印

清晨,静静的沙原上袒露着一行行奔腾的脚印。有的像花瓣,有的像水坑,有的像苹果。多有意思,有的还像耳朵!

行行脚印都有来路:这一行来自老支书的小院,这一行连着山下汽车连的车场,这一行通向河边养路道班的门口,这一行伸到了沙梁那边勘察队的帐篷……

每一行脚印都系着沙漠中间那火热的战场——那里治沙大军正干得火辣辣!

脚印呀,你是装扮沙漠里春天的绿色标点。一片脚印,绿一点;一串脚印,绿一圈;两串脚印,绿一片……这点点、圈圈、片片连在一起,亘古无绿意的沙漠就要变成绿色的海洋:树木葱葱,麦浪很滚,菜园碧透,果林喷香……

解放鞋、布鞋、皮鞋留下的脚印,焰在恬静温柔的沙漠,装订起一部春天的画册。

沙漠干得冒烟的时代已经过去。

1977 年第 5 期《诗刊》

昆仑教练场

　　头枕悬崖，脚蹬沙漠，左手提河，右手挎岭——高原汽车兵的教练场卧在昆仑山中的一块平坝上。面积么？砍去大山的一个"小拇指"，作了场地，一共才几百平方米。

　　教练场是汽车兵的摇篮，他们在这里锻炼着飞越世界屋脊的翅膀。教练车载着学步的司机，日夜在场上旋转、颠簸。白天，车头上红旗映着透亮的雪岭；夜晚，明亮的车灯和星星谈心。留在场上的那密密麻麻的轮印，像缕缕金丝银线，一条挨着一条，一圈压着一圈，它是汽车给祖国编织的花环。

　　教练场小吗？不！分布在祖国天南地北的条条公路，都和场上的轮印连接。在唐古拉盘山道上行驶的"解放"，在城镇油路上疾飞的"红旗"，在战火硝烟中穿行的"北京"……哪一辆汽车不把教练场作为它的起点！

　　汽车在教练场上旋转、颠簸……密密麻麻的轮印，牵来了多少双关怀年轻司机的视线。今天，幼鹰在这里学步、练翅；明天，他们按照党指给的路线在世界屋脊上撒欢，越祁连，飞昆仑，跨喜马拉雅山，把美丽的轮印印上天的尽头……

1977年第5期《诗刊》

骆驼草

　　这里太干渴了，人们一看到你，心田里就冒出一片嫩芽。

　　谁能知道你沉重的负荷。为能在沙漠里生存，你把浑身上下都锻炼得适应这里的环境：厚墩墩的叶子像刀尖，硬铮铮的枝干像钢丝，长长的根须一直扎进地层深处……

　　你，干不死，压不死。因为，骆驼的骨化作了你的刺；骆驼的血化作了你美丽的花；骆驼的泪化作了你纤小的叶！

　　有这壮实的生命，你才崛起在荒原。

　　你最看不起这样的人：把你当装饰品插在口袋上。于是，你又叫又嚷，闹着要回沙原。

　　可惜，谁也听不懂你的语言……

1977 年第 11 期《诗刊》

红柳不悲伤

在遥远的地平线上，它扛着一片嫩绿，做着葱茏的梦……

红柳，总是和沙暴抗争，败了也不悲伤。它用不屈的生命，在沙原上绽放着血一样的花。那岩石一样的枝干、圆锥一样的叶子，袒露着它的全部生活，它太干渴了，但从不乞求喝水。从它出生第一瓣叶芽到枝干枯死埋进沙漠，没人给它浇过水，有时过路的云赠几滴雨，也被贪婪的沙漠给吸光了。

红柳的枝枝叶叶，一年四季都撑在干燥的热风中，它铸成了一个力的石雕。

戈壁滩上终于建成了一座水库，收住了昆仑山中咆哮的洪水。清清的水，浇透了干旱的沙漠，湿润了燥热的空气，也灌醒了沉睡的红柳……

深夜，红柳把干硬的根须在湿漉漉的泥土里深扎了几分，吸取着水库里的水，吱——吱……

清晨，红柳枝挂上了亮亮的露水。一颗美丽漂亮的珍珠！红柳第一次这样打扮自己。

几个红领巾站在红柳前看着露珠儿，好像还在深思……他们用手小心地掬起露珠。然后又小心翼翼地倒回水库里。"叮咚"——响得多脆！

红柳又开始做着葱茏的梦。

它还是不悲伤……

1978年5月9日《青海日报》

大山,从肩垫上移走

炎热的天把沙浪烤成一片焦黄。沙漠上留下寒风抽打的缕缕鞭痕。一座小房,像汹涌波涛上的舢板,静静地立在沙海里。

戈壁滩上住着十个战士,年年月月修路、盖房、架桥梁……在他们那间用竹竿子搭架、红柳枝压顶的工棚里,挂着十副肩垫,上面缀满了密密麻麻的粗线脚,墩墩实实的好像铁甲。

肩垫,战士双肩的十颗铆钉。大山,从肩垫上移走;铁桥,从肩垫上飞起;高楼,从肩垫上耸立……

高原新城里的每一声汽笛,戈壁新村的每一缕炊烟,都凝聚着肩垫的一份功绩。

十个战士,脸上淌下的汗里有长江的水,肩上扛着的重载里有珠穆朗玛峰的雪。十副肩垫,是人民赠给工程兵战士的十面锦旗!

1978年5月9日《青海日报》

水塔，雪山下的巨人

浅浅的蹄窝，干渴的驼铃……

一片汗渍的云，一支汗渍的歌，人们渴望春的檐雨！

高高的水塔，耸立在茫茫戈壁滩，头顶青天，脚踏荒原，像个巨人站在雪山下。左边，姊妹湖。右边，黑龙潭。

戈壁哪里需要水，水塔就赠给它一片云霞。它有多少清晰的梦，就能飞洒出多少戈壁泉。

沙漠里的水塔最吝啬。它的肚里有个刻度，严密地注视着四方水情，哪儿水高一寸，哪儿浪长一尺，哪儿电灯最明，哪儿马达正转……都装在它那水泥砌的胸腔。当然，它也有很慷慨的时候：新开垦的戈壁良田需要灌溉，它调动所有的水源，聚成一股滔滔激流，巴不得把沙漠全部占有！

水塔呀，抡起跋涉的拐杖，捅开了通往绿色世界的天窗，埋葬了多少个凋零的春天……

1978 年第 11 期《长江文艺》

沙漠湖，高原的乳房

一条小溪带着潺潺的响声，从深山流来，淌进了茫茫的沙漠。风刀霜剑，砍不断它柔弱的身躯。沙丘荒原，吞不掉它前进的步伐。小溪流入戈壁中间的凹地，天长日久，集成了一个小湖。

沙漠湖呀，原来你是小溪汇成！

就在小溪旁边，我还看见了另外一条小溪……

从深山到戈壁滩，百里之遥，是战士修成漫长的水渠，让山泉和沙漠湖挽起了臂膀。沙土松软，吸水力强，他们找来红黏土砌成了水渠，又在渠边种上扒地草。牧人们称这红土渠是"无缝钢管"。战士们顶着烈日，运土垒堰，提夯打坝，疏通水道，脸膛上滚动着发光的汗珠，脊背上挥发着诱人的汗味，一条汗腺——一弯小溪；一张汗脸——一挂水帘。汗珠甩落在沙地上，砸出一个个小坑！

啊，我明白了，戈壁滩上的小溪为什么滔滔不绝？因为治沙战士的汗水在里面翻腾！

沙漠湖啊，你是高原的乳房。

1978 年第 12 期《解放军文艺》

戈壁的夜

戈壁，一位沉默的男子汉。它在夜晚比白天更沉默……

夜，静悄悄，白天的余热，还在煮着几声孤寂的犬吠……暴吼了一天的漠风不知躲进了哪丛红柳中。草枝儿不动，草叶儿不摇，偌大的戈壁滩格外清冷、深远……

然而，戈壁并没睡——

淙淙、淙淙、淙淙……

从大漠深处传来车水声。微薄的月色下，铁龙正吐着银珠，流着，淌着，轻抚着干渴的沙漠，湿润着戈壁的喉咙，也滋润着军垦战士的梦。

吱吱、吱吱、吱吱……

禾苗正在拔节。朦朦的夜色在微微抖动，青稞又长高了一分，蚕豆又添了一片花瓣，小麦的圆粒又鼓大了一圈，埋在地下的种子顶开硬壳壳的地皮，探出了毛茸茸的脑袋……

忽然，荡起了一阵悠扬的"花儿"，那是"拥军井"上的藏族姑娘，她们伴着水车忙了半夜，浸泡漠野，滋润荒丘，用翠绿描绘沙漠的明天！

一片希望的星，一轮西沉的月。夜的戈壁滩是一个偌大的唱盘，它播下了多少歌，多少诗……

1978年第12期《解放军文艺》

道 班

青藏公路像一条飘带,飘绕在世界屋脊上。路旁,养路工的半地下室是世界上最高的房:浓雾挤进门,白云罩着窗……

道班房里住着十个藏族工人,他们像十只展翅翱翔的鹰,每天清晨从道班房飞出,用一把铁耙梳理路上的流沙、污水,使路面变得洁净、舒目;用一把铁锹铲平路上的坎坎、沟沟,使路面变得平整、光滑;用一腔热情融化路上的积雪、坚冰,使路面上的沙石永远亮晶晶;用多情的歌声赶走山野的寂静、荒凉,引来奔往拉萨河谷的车队……

要问养路工填平了多少坑,磨秃了多少锹?请你数数天上的星。

青藏公路是祖国西南的一条大动脉,道班房是这动脉上的一个"铆钉"。每当养路工看着一队队汽车,满载着春风从门前驶过,这时他们的心里感到最幸福。

入夜,道班房里的电灯亮了,照亮了门楣上一副鲜红的对联:

洞食棚居已满足　　国泰民安最舒心

1979 年第 1 期《武汉文艺》

拧

在汽车保养场,我多次看到你,却没有记下你的名字,留在我脑海里的只是一颗闪闪发光的螺丝钉!

你的工作平凡,简单,整天给汽车紧螺丝。手拿扳手,在引擎上爬上爬下,这儿敲敲,那儿拧拧,咣咣的声音像一首动听的歌儿,在昆仑山下传得很远,很远。你从来不希望螺丝松半扣,可是,如果查不出松扣的螺丝,急得你咽不下饭。年年三百六十天,扳手拧去了多少个日月星辰,把螺丝拧紧了,也把你的心拧在了机器上。

拧啊,拧,因为你的旋转,月亮才那么圆,生活才那么多彩,明丽!

保养好的汽车像一匹骏马,又撒欢般地奔赴青藏高原。每当这时候,你总是举起扳手目送着汽车,望呀望呀……一颗心儿和远去的车轮一起旋转,旋转。此时,你才更能掂出一颗螺丝钉的分量。

出场的汽车已经飞过了昆仑山,看不见了,你还在望呀望……许久,我看到你那拿扳手的手又拧了一下,我明白了,你又一次把自己的心拧在了飞转的车轮上……

1979 年 1 月 24 日《解放军报》

轮　印

　　车轮，一架高速印刷机，在昆仑山下印满了密密麻麻的轮印。一道轮印就是一幅新画，有的挂在山顶，有的铺在谷底，有的刻在草滩，有的压在戈壁，还有的跳在雪水河的浪尖……

　　藏族人民把轮印称作幸福的音符，墨绿是它深沉的爱，黛青是它庄重的情。

　　北上的轮印给沙漠带来满眼春色：菜地绿，果园红，麦浪托起巍巍雪峰。

　　南下的轮印给山坡的梯田运去良种，给新修的水渠运去浪花，给雪线上的第一代水稻运去化肥。

　　西去的轮印不断给深山送来建设大军：水电站刚竣工，纺织城的工程又破土，勘测钢厂的设计人员也竖起了闪光的标杆。

　　东奔的轮印犹如一道彩虹，一直通到北京……

　　汽车满载着新歌日夜在高原上疾飞，早别草原，夜宿戈壁。飞轮下是一个彩色的世界，司机巴不得把美丽的轮印撒满高原的每寸土地……

1979 年 1 月 24 日《解放军报》

"铆　钉"

　　大坝像巨人。山洪冲一千次它不摇一下身，暴雨打一万次它不掉一块泥。一股股猛兽似的洪水被它抱在怀中，变成了月牙湖。

　　月牙湖啊，沙漠中的宝镜。

　　忘不了修筑大坝的战士。是他们用各样的石夯：大的、小的、三棱的、五角的……一点一点，砸出了坚实而雄伟的大坝。太阳追着月亮，夏雨赶着雪花，战士手提夯，猛猛地砸，狠狠地夯。砸进去满腔热汗，砸进去无限深情，把大坝的地基砸得像钢，把大坝的脊背拍得像铁。压在坝里那一层又一层、密密麻麻的夯印，就是固定大坝的"铆钉"，暴雨被它锁起，恶浪被它钉死。

　　"铆钉"，它不是浅露的情感，而是深沉的烙印！

　　如今，筑坝的战士早已离去，"铆钉"还留在坝上。它虽然没有了昔日的俊俏模样，可是，它仍然牢牢地锁着坝体。

　　大坝总是挺立在激流滚滚的地方，任凭风起云涌、浪涛咆哮，它都是那样冷静。"铆钉"被冲磨得亮晶晶、硬铮铮。

　　"铆钉"不会死的。死了，也站在浪尖上……

1979 年第 2 期《滇池》

缝

　　黎明时分,野营的战士正在阿妈的帐篷里休息,呼噜呼噜的鼾声,似乎震得窗前的小树都在颤动……

　　院子里静极了,只有几只早起的小鸡在啄草,觅食。

　　阿妈坐在门口,膝盖上放着几件军衣,飞针走线忙不停。长长的线儿来回飞舞,抽得吱儿吱儿直响,和战士的鼾声揉合在一起。

　　部队夜夜在深山演习,荆棘撕破了战士的衣服。破洞上露出的棉絮像朵朵白花,有的开在肩头,有的开在腿弯,还有的开在胳膊……

　　现在,战士们休息了,阿妈忙碌起来了!

　　阿妈缝呀缝呀,闪亮的银针在晨曦中飞舞,深情的长线缚住了寒风,封住了破洞。

　　缝呀缝呀,春风绕着长线荡漾,暖流跟着针眼流淌。这破洞曾收进了多少风寒,此刻,又缝进了多少温暖!

　　阿妈缝呀缝呀,战士睡得更香甜……

1979年4月7日《人民日报》

花

春天,草原上是花的世界。各种花儿开放了,有的吐出了粉嫩的舌头,有的吹起了银色的喇叭,有的撑开了蓝色的小伞,有的甩出了金丝线,还有的咧开了红嘴唇,仿佛要唱一支歌。

朝霞染红了牧村,一个新生命在医疗站诞生。卓玛望着刚出生的女儿,给医生把往事述说:"我的第一个孩子生在喇嘛庙旁的土洞里,吞了一肚子风雪,当晚咽了气!我的第二个孩子生在头人的狗窝里,凶狗像主人一样残忍,孩子活活被它……"

泪珠一串线,滴在卓玛那结满硬茧的手掌上。低头看看怀里的女儿,卓玛又含着眼泪笑了:祖祖辈辈数她最幸福,一出世就掉进了蜜窝窝。你瞧,医院是咱牧民自己的,医生比阿妈还亲。她指指窗外五光十色的草原,"连那些花儿,也好像在为她开!"

小囡仿佛听懂了阿妈的话,唇边露出了浅浅的笑窝,渐渐地,渐渐地,睡熟了。她那美丽的、红红的小脸,也像一朵花!

1979 年 4 月 7 日《人民日报》

无尽的里程碑

一里、二里、三里……

从日月山下的青海湖畔一直排到拉萨河谷。

五里、六里、七里……

齐刷刷,好像一队行进的战士。

十里、百里、千里……

汽车沿着它一步步攀上世界屋脊。

里程碑,终年站在公路边,给来往的车辆行人报数。黄沙滚滚它不弯腰,风雪怒吼它不退却。

冬雪压青藏,高山驮着沉重的积雪。唯有里程碑挺着坚硬的岩石身躯,袒露在雪层之上。一座里程碑就是一盏指路的灯,给汽车报告着险情。马达冲着它欢歌,车轮冲着它飞奔。留在雪地里那两行安全的轮印,凝聚着司机对它的多少敬意!

高深的希望总是跃上悠悠的远路,它追着那没有尽头的无限……

1979 年第 5 期《青海群众艺术》

温泉兵站

冬夜，寒风，冷雪。

兵站的同志还在流汗：额上滚着汗星，手心握着汗粒，背上淌着汗道。哪里有汗珠，哪里就是一个热腾腾的场面——

汗珠在炉膛里飞溅，为深夜到站的战友焖着喷香的高压米饭；

汗珠在不冻泉边闪烁，一股春水咬开冰凌，带着潺潺的响声流进洗漱间；

汗珠在车场上跳跃，堆堆红柳火烤化了五加仑桶里的坚冰；

汗珠在积雪的公路上流淌，给山顶抛锚的司机送去热饭热茶……

深冬寒夜总流汗，都为战友身上暖。

兵站的接待室挂着一面锦旗：雪山温泉。

这四个字是多少热汗铸成！

1979 年第 5 期《青海群众艺术》

楚玛尔河

夏天，山上雪水流来，它波涛滚滚。冬天，它在唐古拉山的怀里冬眠，露出了满河的石头、泥沙……人们怎能想到三峡的激浪会源于这么一条小溪！

楚玛尔河不喜欢安静，却善于唱歌，它和源头的几条小河手牵着手，钻群山、跨沟壑，跳着唱着投向海的怀抱……

为了给三峡的波涛添一朵浪花，为了给祖国发热的机轮加一把力，江源勘察队踏遍了高原山岭，才查清了小河走过的道路。如果把他们的脚印相接，比小河的流程还漫长，还宽阔。

我是高原汽车兵，终年在世界屋脊跑车，每次经过楚玛尔河，都要给水箱里舀满小河的水波。告别楚玛河以后，我常爱望着水箱沉思，因为，从这里能看到小河的微波，也能看到长江的大浪……

1979 年 12 月 21 日《青海日报》

车笛，养路工的神经

笛笛笛！笛笛笛……

青藏公路是汽车的长河，日夜激荡着车笛的声波。养路工熟悉车笛，好像熟悉自己的呼吸。听车笛，他们能辨出汽车是过河还是爬坡；听车笛，他们能推测路面平坦还是颠簸；听车笛，他们能判断"肠梗阻"出在哪段路上……

笛笛笛！笛笛笛……

声声车笛，给养路工报告平安，也为他们传递警报。养路工的心每时每刻都随着路上的发动机旋转、唱歌……

笛笛笛！笛笛笛……

日日夜夜，年年月月，道班房填满了各种各样的车笛，有的欢唱，有的低吟；有的悠扬，有的短促；有的呼救，有的嘱咐……就在这嘈杂的车笛声中，养路工分辨着召唤自己的战斗号声，只要捕捉住了"警报"，不管是黄昏还是黎明，也不管是下雨还是落雪，从道班房里立即就腾起几只鹰向"抛锚"的汽车飞去……

笛笛笛！笛笛笛……

养路工的耳里有数不清的车笛，这些车笛就是他们的神经……

1979年12月21日《青海日报》

昆仑路

  昆仑山中的路,不知哪儿是终结,也不知从哪儿伸出。
  有的像盘香,曲里拐弯绕着山峰;有的像银带,飘飘忽忽没入云端;有的像条绳,晃晃悠悠吊在崖畔;有的像小溪,飞流直下扑进峡谷;还有的就像一叶舟,浮在跳跃的浪尖;这也算一条路:茫茫沙地绽开着一行腊梅花——那是治沙大军刚刚留下的脚印。脚印也是路!
  昆仑道上真忙碌,脚印叠脚印,车铃碰车铃。扛着标杆的勘察队员脚步匆匆,建筑队的藏族工人汗水淋淋,水文站的上海姑娘满身霜花,守哨卡的边防战士昼夜巡逻,还有挎着出诊包的牧村医生满面春风……在冬天的更深处,你还会遇到一些人,一些小路。不用问他们的身份,也不用打听小路通向何处。只见人从雾中来,路到雪中去。旷茫的山野,久久地回应着脚步声……
  小路一日三变:窄变宽,曲变直。说不定就在明天早晨,有的就变成了通往戈壁农场的林荫道,有的就变成了五层楼上的电梯,还有的在山腰闪了一下,索性在一片荆丛中隐去……
  昆仑山的路:不仅有崎岖的艰辛,还保持着一种跋涉的乐观。

1980 年第 1 期《长安》

抱着戈壁入睡

大漠里,也有苦涩中的微甜。听,旺堆书记的鼾声多香!

小憩。他在地头上倒头就睡着了,鼾声呼噜呼噜,震得田坎的沙子索索索往下流……

浑身松懈了,几个月的紧张奔跑,白天黑夜的操心劳累,此刻都顺着鼾声溜走。他睡觉了,双目圆睁。

他睡觉也是这个雄姿:头下枕着跑山鞋,脚下垫着十字镐,腰里缠着稻草绳……突然,他的双臂变成一张弓,狠狠地抱在了胸前……

书记呀,你要把什么抱在怀中?

抱的是无边无际的戈壁滩,还是十万大山……

他啊,真贪婪!

上个月,旺堆带着治沙大军开进茫茫戈壁,决心把这亘古荒原捣腾得疯疯癫癫。"庄户书记"的老脾气没有改,总是用手中的铁镐发言。哪里有硬仗他的呐喊就在哪里打闪,哪里最危险他的拳头就在哪里亮相……

现在旺堆抱着戈壁滩睡着了,抱得多紧,他要抱出一片绿浪,抱出一座粮山,抱出一汪清凌凌的湖水……

旺堆那流金溢彩的梦呀,半是写实,半是童话。

漠风,悄悄地擦拭着那沾着冻雪的镐刃……

1980 年第 1 期《长安》

高原车场之夜

　　雪山睡着了，高原静悄悄。兵站的车场上罩着一层薄雾，排排汽车盖着厚厚的积雪，像起伏的山丘。

　　一束米黄色的手电光还醒着，映着司机忙碌的身影。他脚步轻轻，走前走后，做着出车的准备工作：轮胎旁红柳火燃得正欢，蓝蓝的火苗舔着夜雾；桶里的冰块正在翻动、融化；油箱里的油也悄悄地爬进了各条管道……

　　准备工作就绪：水足、油足、电足。车场变得更寂静、空旷。就在这静静的气氛里孕育着掀开的马达吼声。

　　黎明，一串哨子吹得满山响。雪山下，队队铁马踏上征程。车潮向东、向西、向南、向北涌去，一束束扇形的车灯照红了雪山银岭。

　　这滚滚的车轮，给沉睡的西藏带去了多少动力！

1980 年第 1 期《雪莲》

提一桶歌声

行车到沙漠,汽车开了锅。水呀,在哪儿?

司机掂着水桶,穿沙沟,跨沙丘,攀沙梁……一条小河拦住了脚步,清清的浪花扑击着他干渴的鞋帮。

司机正要打水,突然飞来一串歌声。他抬头望去,河那边,刚刚搭起的脚手架,像一支彩笔,已勾画出五层楼的轮廓,直到这时,他才明白这是条新开挖的人工河。不久,沿着它将竖起一座戈壁新城。

沉睡了千百年的沙漠,终于在八十年代第一春醒了。它一醒来就乐得直唱,满河漂着歌声……

司机提一桶河水,像提一桶歌声。这欢乐的浪花将灌进水箱,把沙漠醒来的消息传遍万里征途……

1980 年第 5 期《散文》

雨的形象

雨,淅淅沥沥地飘了一夜。清晨起来,漫山遍野都是湿漉漉的地皮,却不见一滴雨珠?

雨,没有消失,它化成了生命在跳动——

低垂的花蕾将红唇轻轻地启开;

枯萎的叶子把脖子伸得老长;

种子在地层里已排列起出土的阵容;

露出肚皮的小溪卷起了旋涡;

还有,龟裂缝在无声地合拢,幼芽忍不住在蠕动……

其实,高雅的鲜花,飞转的叶轮,都不是雨的形象。真正的雨总是在泥土中埋没……

1980 年第 9 期《福建文艺》

泉水河流着月亮

夕阳碾碎了西山。下哨归来,他站在清泉边,静静地望着。或许他寻求的并不是泉水,因为泉里盛着一盘诱人的明月。

几只不眠的鱼儿,围着月亮嬉闹,撞得水面泛起一圈圈涟漪。月儿颤颤地,碎了……

月亮的欢乐一半甜美一半忧郁,一个在东一个在西。她夜夜阅读着男人胡茬里生长的血腥战事;他把热切的渴望压缩在一年一度的归期里。

今夜,月色分外娇。

泉水河向远处流去。夜色里,藏着高山,藏着峡谷,藏着家乡的小路……

他想起了守空房的她。小河,你为什么不把这月亮漂到故乡去?月盘上盛着我的思念与小诗。

泉水河悠悠流着。

他要赶着月光流向故乡。投一块石子,水面上颤颤巍巍,月亮并没碎……

圆月下面埋着一个爱情的世界……

1980年10月6日《淮安报》

雪 泪

雪夜,温度计的水银脖子缩得紧紧……

零下四十五度!高原风雪咬人肉,石头也冻裂了缝。

运输站的客房里住着各路的陌生人:有的踏遍高雪原找矿,有的驾驶铁马日夜赶路,有的汗洒戈壁寻找水源,有的持着钢枪保卫边防……此刻,他们正枕着怒吼的寒风,做着最舒心的梦。

每间客房里的火炉都吐着欢快的火苗,把高原的寒冬关在了窗外。

雪飘飘,夜深深。风雪碰在热乎乎的窗玻璃上,立即变成了行行泪花……

1980年冬·西宁

无名烈士墓

没有古松，没有名花，也没有一条路……在这藏北高原的山坡下，有堆矮矮的沙丘，长眠着一位烈士，还有一块无名碑。

当年，一位藏族阿爸给金珠玛米当向导，三天三夜翻了四座山，过了五条河。在这里他走完了自己一生的路程，胸膛含着叛匪罪恶的子弹，倒在了山坡。临终前，他一手握着亲人送的红五星，一手攥着拧下的叛匪耳朵……

他是哪个庄园的农奴？家中还有什么亲人？人们无法得知，就连他的姓名，对大家也是一个谜。人们掩埋了这位战士，也将他的故事埋在心间……

小小的坟包埋着阿爸的忠骨，还有他的理想和一颗永远跳动的心。二十多年来，西藏前进的步伐，时刻都激荡着这座朴素的坟包，坟包里阿爸的精神也时刻在鼓舞着每一个高原人。在阿爸当年流血的地方，如今遍地流彩，处处溢金。就连那牧主的庄园也变得机声隆隆，欢歌不落……尊敬的无名阿爸呀，每一张捷报都闪烁着你殷红的血花，每一曲赞歌都有你书写的音符。高高的雪山永生刻着你的名字，滔滔的大河世代颂扬你的功劳！

每当这时，人们都会想起你牺牲的英姿：一手握着五角星，一手攥着叛匪的耳朵……

老阿爸倒下去了，他仍然是一座站着的高山。他把自己的情感播在辉煌的早晨，多彩的黄昏……

每年温和的春风吹过，这里的花先开，这里的草先绿。

1981 年 1 月 3 日《榕树》

雪山壶中煮

　　夜。浓重的雾气罩着山野,昆仑山像个蒙着轻纱的少女,酣然入睡。夜行的汽车在她的身上悄悄地轧下了两道清晰的车辙……

　　路边凹地上,一炉火燃得正欢,蓝色丝绸样的火苗,一跳一窜,亲切地舔着壶底。壶嘴里冒出的缕缕热气,在空中旋转,升腾,融化了飘落的雪花。

　　阿妈炉前坐,熊熊炉火在她银白的鬓发上跳跃。续一把红柳枝,加一勺清泉水,她把满腔的深情与那浓茶一起煮沸。壶里的水泡,熬落了多少个黄昏。浓烈的酥油茶味,把雪山的空气染得甜丝丝……

　　一批进藏的客人刚走,公路上轮印变得静悄悄。后半夜,还有车队过山,红柳火要拨旺,炉中茶再加浓。铜壶在咕噜咕噜叫着,远山的风雪壶中煮,高高的冰峰炉内化。

　　不是一切都在开化,山坡的阴地里,几片冻雪还禁锢着春天……

1981 年 2 月 8 日《西藏日报》

背包，沙漠的印章

一道绿色的"墙"在沙漠里游动——工程兵正在挺进。我望着战士们那清一色的绿背包，陷入了深深的思索——

战士打的背包，三横两竖，捆扎得紧紧沉沉，长方形，七八斤。它伴着战士，朝迎草原风，暮浴戈壁雨，浸过冰河浪，沾过昆仑雪。背包绳上那点点霜花是盐湖的水滴；被角上块块锈痕是锡铁山的矿粉；线头上散发着新油田的阵阵芳香……

士兵的绿背包，是绿化沙漠的印章。

年年风吹，岁岁雨洗，褪了色的背包和兵的感情多么深切。睡觉时摊开是床铺，开会时放下做板凳，学习时立起当桌子。飘雪的寒夜，它常常盖在藏胞身上。在夜行军的路上，它还堵过稻田里漏水的河渠……

背包，战士的全部家当，锹把挑着走天下。走过的地方留下了搬不走的财富：戈壁新村立起高耸入云的大楼，地下城里安装上金灿灿的电灯，高山峡谷架起彩虹般的长桥……

战士给祖国盖起了幸福大厦，绿色背包是这大厦上的一块砖！

1981 年第 3 期《榕树》

泉水河

在边防线上有一泓清泉,轻轻地流呀慢慢地淌,它蓝天般清澈,薄荷般凉爽,丝绸般柔和……多么像祖国伸出的一只手臂,把山上的哨所紧紧地搂抱。

泉水河是一支奇妙的玉笛,叮叮咚咚,日夜为士兵吹奏着深情的歌——

晨曦抹在山顶,战士走上哨位,它哗哗作响,像在提醒战士,大风压在更高的高处,站在山巅要把脚跟踏牢;夕阳衔山,战士换岗归来,它深情地流来一片晚霞——一条彩色的毛巾,为战士擦去满脸热汗;战士渴了,它捧上解渴的甘露。战士累了,它端来解乏的乳汁;烈日下,哨兵在瞄准,它悄悄地摄下他们的英姿。风雪夜,战士在巡逻,它轻轻地录下他们的脚步;入春,它给哨所驮来报春的柳絮。入秋,它又送来满河金果……泉水河啊,它还流入哨所旁一排向日葵的根茎,化作一颗颗银色的果实!

说起来,战士最爱看泉水河的夜景:两岸的灯火映入水波,像祖国把钻石、珍珠贮藏在河中。这时,战士双手捧起一掬水,从那清凉的波纹里看到了家乡的山河。他们捧着水,如迷如醉,不让一滴水从指缝间滑落……

1981 年第 3 期《散文》

窗

记不得从什么时候起,我改变了窗户夜闭早开的习惯,都让它朝朝暮暮敞着。

开窗,可以看见,地的辽阔,天的宽广。绿叶簇拥着鲜花,清风吹送着芳香。白天,投进明亮的阳光,夜晚,洒来银色的月影。特别是清晨,可以吸一口山野里清爽的空气,它带着泥土的问候一直沉到你的心底!

还有,我坐在床头,最爱看那没有贝壳的沙滩,骆驼像山峰一样在地平线上摇晃。旁边,海市蜃楼像一片湖海,浪头上云帆朵朵。于是我也巴不得立即变成一条鱼儿,钻进浪里游荡……

冬日,经常从窗口飞来寒霜,卷进沙尘,即使这样我也不关上窗……

1981 年第 4 期《榕树》

风来了,并不清爽

一轮烈日,烤着大地。草叶打卷,岩石冒烟。

燥风吹得蝉翼微微发抖,连空气也跟着颤动。

宇宙像个干锅,戈壁滩犹如一片枯黄的叶子,热浪在干渴的大地上打滚。人坐着不挪步也流汗……风呀,风呀,快来吹吧!吹吧!

风来了。它带来的并不是清爽,却是更烦人的燥热、沉闷。它卷跑了孩子们的笑声,吹白了爷爷的嘴唇,刮走了人们的期望。

这时,我才明白,并不是所有的风都是清凉,有时刮风比无风更热……

我的诗歌是从楚玛尔河吹来的爽风,我真想用它把人间的闷燥、窒息赶跑……

1981 年第 4 期《榕树》

哭泣的野花

它在我的窗台生活了五个年头,我却不知它的名字。它本来长在柴达木的山野,原本野草。我把它移到盆里,便成了名花。

它的身影像亭亭伫立的少女,俊俏、轻盈。盛夏,开放着素白的花朵,像一枚白色的纽扣,日夜飘散着淡淡的清香,扑击着赏花人的鼻腔。

它是在赏花者的赞美声中悄悄死去。这时,我看见它的眼睛衔着一滴晶莹的泪花。我想,它一定想返回深山僻野,把芳香送还给山野人家。因为,那里少了一朵花,蝴蝶会感到寂寞,蜜蜂会感到苦闷,山民会感到单调⋯⋯

1981 年第 4 期《榕树》

沙丘与地毯

沙丘，沙丘，哪是你的波浪，哪是你的水珠？

只见漠风卷着几棵枯枝，沙土堆下埋着一条干涸的河床。啊，沙漠，你死于哪个世纪？何时才能苏醒？

驼铃溅着水声，滚过沙海。治沙队进入了茫茫沙漠。瞧那队伍多么气派，一手拽来雪水河，给沙漠戴上银链；一手托着青海湖，给戈壁镶上了明眸。

沙漠一抹千年的愁云，立即笑出了酒窝！

此刻，我望着无边无际的沙漠，觉得它多么像铺在战士脚下的一块褐色地毯，留在上面那一行行永不沉落的脚印，恰似栽在地毯上的花朵。

看，地毯正与花朵接吻，沙漠那美好的明天即将诞生……

1981 年第 4 期《榕树》

拉萨河小景

　　拉萨河,深夜抱着星月,清晨捧起太阳。在这个黄昏里,它打开了光闪闪的明镜,汽车兵的面庞映入明镜里。

　　波浪里,一队光腚的小活宝,双手托起拉萨河,忙着洗车。

　　把轮胎的花纹洗得干干净净,好让它将美丽的轮印铺到草原上每一条小径;

　　把引擎盖洗得铮铮发亮,好让它摄下公路沿线的新图美景;把车灯洗得晶莹闪烁,好让它用温暖的灯环照亮峡谷里的帐篷城……

　　双手托起拉萨河,车前洗到车后,车下洗到车上。流水漂走了片片浊浪;拉萨河更加清澈。清凉的水,洗去长途跋涉的疲倦,还给高原汽车兵理智清醒……

1981 年第 8 期《长安》

行车梦

两道深深的辙印穿过朦朦夜色,伸进了喜马拉雅山中,在一座高高的崖下终止了……

司机正伏在方向盘上休息。他铺着六月的雪毯,盖着午夜的奇寒,手里攥着嗖嗖的冷风,嘴里含着深山的夜霜……

司机睡着了,睡得那么香甜!

沿着那两道辙印能回忆出他走过的艰辛里程:为把急用物资尽快送到边防,他两天两夜没合一眼,夜里车灯闪烁,白天车笛欢唱。翻过了耸入云天的雪山,穿过了滚烫的沙漠,淌过了涛涛的冰河……车轮上沾着春泥、冬雪、夏草。

此刻,趁着途中检查罢汽车的空隙,他靠在方向盘上小憩,歇歇紧张的脑子,松松浑身的筋骨……做个梦,短暂的行车梦。梦见美丽的轮印变成了幢幢楼房,梦见车笛声声唤醒了沉睡的矿山……啊,行车的梦要短,再短。因为小憩之后他还要翻越入云的喜马拉雅山峰!

静夜,只有司机呼呼的鼾声打雷似的吼着。这鼾声像汽车的发动机,它蕴藏着热能,蕴藏着力量……

1981 年第 8 期《长安》

云中小屋

昆仑山巅,有一户牧民,石瓦、石墙、石柱、石梁……这间小石屋,多么像蘑菇在银河畔飘荡。窗台上盛开着雪莲,像燃烧着一团火焰。

小屋前,一条公路东西去,系着千山万谷。

藏族阿妈和女儿,终年养路在昆仑,渴饮不冻泉,饿食囊中食,汗水洒在雪窝,开出了不谢的红花;理想写在山巅,闪烁着朝霞般光彩。昆仑是琴架,公路是琴弦,母女俩用手中铁耙,日夜弹奏着乐章。即使心灵再贫瘠的人,也不能不被这音乐滋润!

云中小屋成了来往司机的家。一缕袅袅升腾的炊烟,挽住了山中的寒流,留得春天住雪山。夜里门口一盏灯,温暖了多少甜梦!白天屋前一桶茶,盛有阿妈多少嘱咐!远方来的数不尽的车队从这儿隆隆轧过,司机投来感激的目光。旋转的车轮传播无限深情,车笛声声寄托多少祝福!

1981 年第 8 期《长安》

手绢云

瀚海漂走了搁浅已久的船，留下了满地的风卷落叶似的声音，那是暴晒的砂粒在叫，在蹦……

这里日头太烫，远山太老，漠风太咸。偏偏谁扔下了一片片彩云，在沙涛里飘动，热风中摇晃？

那是十个治沙姑娘的手绢——沙浪里溅起的一串水珠。这些晾在尼龙绳的各色手绢，红的好艳，绿的生翠，蓝的真鲜，白的似玉……手绢浸透着治沙人湿淋淋的热汗。

治沙姑娘的汗水啊，渗进了丰富的情感！

硬壳壳的地皮像铁甲，是她们的汗水把它泡软；茫茫盐碱盖大地，是她们的汗水把它冲洗；滚烫的沙石冒白烟，是她们的汗水把它滋润……

姑娘们流的汗啊，能漂起一只船！

火热的日子随着歌声逝去，十个姑娘的汗水在手绢上留下了印迹：这儿一圈，那儿一道；上边一块，下边一片……圈纹套着圈纹，曲线压着曲线。有的像花展瓣吐蕊，有的像橹正划着船，有的像水波浪卷潮涌，有的像琴弦在颤动弹唱。唯有央金手绢上的汗迹最特别，像孙悟空大闹天宫的金箍棒！

沙漠里，十姑娘的手绢是一片片云彩。假如有一天它飘到戈壁上空，这储存着姑娘汗水的、湿淋淋的手绢云啊，每一块都能拧下一场大雨，把沙漠灌醉！

1981 年 11 月 27 日《人民日报》

六月雪

　　一场"六月雪"连着吼了三天三夜。青藏高原露出一颗晶莹的额顶，让寒风吹着它僵固的身躯。通地皆白，满目皑皑。大河封冻，深沟填平，草盖雪被……

　　雪，雪，雪！

　　盘绕昆仑而过的公路却尘雪不染，袒露着黑漉漉的柏油路面。路上印满了密密麻麻的轮印，那整齐有序的花纹多像列队飞翔的雁阵！

　　是谁，把山中路上的积雪打扫得这么干净！

　　啊，养路工，你好！在这六月飞雪的日日夜夜，你驾驶着推土机，像战舰游弋大海，在公路上推过来推过去。你勇敢地扑向雪海，扑向雪崩，扑向雪墙……雪在你面前喘息，平直的公路通向遥远的远方。为了开拓理想的航线，你献出了最大的马力！

　　推土机啊，你的手臂凝满了养路者的意志和深情。为了出现一个平整的世界，你辛勤地铲高垫低，终日奔波不停。只要你的臂膀一扬起，"六月雪"就推到了一旁去喘息。

　　看，铁臂膀又举起来了，向另一个崛地而起的雪山扑去……

1981 年第 12 期《榕树》

星星说：我还会回来

（一）

夜来了，它，各就各位，从不缺勤。它知道，不清楚自己的位置，就失去了存在的价值。

它虽然很小，颗颗都晶莹闪耀，就是掉进泥潭里也光泽耀目。它彻夜里放射着不灭的光辉，为夜行人照路。那是希望的眼睛，人们看见它，就跨开大步奔向黎明。

啊，我想起来了，边防线上也有无数颗这样的星……

（二）

晨风在山岗上闹，将酣睡的大山惊醒。黎明来了，星星悄悄地隐去。它在东山巅留下了一句话：我还会回来的！

星儿上哪儿去了？它含笑融进了霞光里……

我找啊找，终于找到了，在那小草尖上找到了它留下的脚印——一颗亮晶晶的水珠儿；

啊，我又想起来了，在漫长的边防线上，那一串守夜的红星上，也凝聚着这样的露珠……

（三）

　　还有另外一种星星。

　　它跟真的一样，晶莹透亮，闪闪，烁烁……可是，风一吹，它动了，只剩下一片平静的水面……

　　连三岁娃儿都不愿下河捞星星。因为那不是小灯笼，是幻影……

1983 年 1 月 30 日《西藏日报》

朝圣者

  一步磕一个长头,四肢落地,额头碰得发响才有虔诚。脑袋总是指向目光不可企及的遥远,那是一种执拗的期盼?

  他们从哪儿来?

  磨破的双膝、溃烂的额头记载着旅途的漫长、艰辛。

  一月、三月、半年?谁也不记它。

  交给烈日一个晒焦的脊背,那脊背上留着平日肩挑背扛时绳索扎出的血印!

  交给荒野一双脱帮了的藏靴,那藏靴上的绣花已经磨秃……

  身后留下一条光溜溜发亮的路。谁能说这不像载着重荷的车辙一样深沉?

  毕竟不是轻松的旅游,坦然中流露着焦急,笑容在泪水里浸泡。

  他们是一群迷路者。

  路边的草不认识他们,崖头的树不认识他们,天上的鸟不认识他们。

  布达拉宫的金顶在视线里涌出,他们的汗水已经流尽。血,再也热不起来。

  拉萨在晨曦中醒来……

1983 年 3 月 · 望柳庄

阿尔顿曲克流淌着默默的小河

　　你日夜默默无闻地在阿尔顿曲克草原上走过，没有黄河雄浑的歌喉，也没有长江豪迈的气魄。太阳在你身上泛着粼粼波光，月亮的青辉在你怀里流淌……

　　你是高原人生活里的一条彩带，酿造着醉人的美酒。骆驼队涉过水，刚刚驮走山货、药材。军车队过河，又卸下了化肥、机器、农药……你呀，总是把日子中的忧郁沉泼，将欢乐送进牧民的生活。

　　小河呵，你是那么清澈，那么细小。清澈得一眼能看清河底的彩石，细小得人们很少提到你的名字。虽然你躲在青藏高原的一角，可你也是我们时代的一根小小的、跳动的脉搏……

1983 年 4 月 3 日《西藏日报》

衰 草

尽管给它供水，给它培土，也给它阳光，可它还是死了！叶子失去了绿色，秆儿褪尽了青翠……

它确实死了。再也看不到这棵小草了！

忽然，我发现在它的周围，撒进了一层草籽，颗颗都闪着光泽。还有一颗掉进了石头缝的泥土中……

明年春天一到，在这衰草死去的地方，会泛起多少新绿！连那石头上也能蹦出一棵小苗！

它死了么？……

1983 年第 11 期《解放军文艺》

盘山公路

昆仑雪峰骄傲地刺向蓝天；一簇白云柔柔地揽着山腰。

海一般的云，浪一般的树……在这波山浪谷间沉浮着一条弯弯曲曲的路。

它抛下深涧，像一根金色的长鞭；它扔到平原，像一条欢蹦的小溪，它甩上山岭，像一只飞鸟的翅膀。

从早到晚，汽车来了又去，去了又来，只给空山把悠悠的喇叭声留下……

一路上有多少弯，闪闪的车灯知道；一路上有多少梁，鸣叫的车笛清楚。看，又一队汽车来了，它在盘山路上走了半天，还没有跑出大山的怀抱……

夜行车的司机，总是独自清醒地赶路。

正因为山路这样迂回、曲折，白云深处才有一轴五彩新图。

1985 年第 2 期《星火》

灯笼花

  我和一位樵夫走在日月山里一条寂静的路上。这里静极了。不见一片脚印,没有一声鸟啼,只有一种小花悄然地开放在山泉旁。
  它五个花瓣像五个酒杯,并成一圈,围绕着紫红色的花蕊……
  樵夫告诉我,这叫灯笼花。
  我为这美丽的灯笼花惋惜了,深山老林有多少人欣赏它的美容?
  "为何不把它栽到山外,供在花园里,或者阳台上?"我问。
  樵夫回答:"这花的脾气好生古怪,它就恋这大山,其外的啥地方,都不落根。"
  "带些山土回去。"
  "哈哈!土好说,可这山泉呢?难道也可以带走吗?"
  我无言答对……

1985 年第 2 期《星火》

草原炊烟

牛羊把黄昏驮来，卸在山脚下。归宿鸟疲劳的翅膀，拍打着轻柔的晚风。

太阳一半沉进了草浪，一轮弯月徐徐升起。白天的嘈杂、喧哗、脚步、谈笑……不知被谁收走了。风也宁息了，沉郁的暮色一点点渗进了草原……

草原静悄悄，旷野空无一人；牧村静悄悄，所有的音响都被夜色吞噬了。大红马卸下勒勒车，立在蒙古包前，半弯着一条前腿，松弛着紧绷的筋骨肌腱；套马杆顺包停立着，上面粘着丛丛绒毛，在微风中索索颤动；牧犬静卧草滩，睁着灯盏样的眼睛，注视着四方。宛转在草原上的那条小路，变成了一条模模糊糊的影子，无声地躺在夜的怀抱里。夜风又起了，小路仿佛被摇得轻轻地晃动……

草原的夜并不孤独，家家蒙古包上的炊烟正和夜在对话。那白色的烟丝袅袅升腾，缭绕着包顶，缭绕着树梢。最后，化作一缕青云，飘向天外，缠绵着月牙……

炊烟和月儿谈心，邀请月儿与牧民共进晚餐。

炊烟啊，溶进了饭菜香味，溶进了牧民欢乐。它是一幅大自然的写意图，是一幅草原安乐的画卷！

炊烟像什么？

像奶油和青稞拧成的麻花；

像灌录着牧民欢歌笑语的磁带；

像草原牧区新生活的彩练……

炊烟下，一双双筷头，还有碟碗，正把香喷喷的生活翻搅……

从一家的窗口，人们看到了一个小镜头：胖娃儿一手举着晶莹的奶瓶，一手抓挠着妈妈的笑脸。她吮吸着奶嘴，那"吱吱"的声音好甜哟！

炊烟渐渐细微，夜，更寂静了！浓醇的奶香已缓缓地消进酣醉的心田！

远处，孩子们朝空扔了一花炮，山畔有星星坠落如雨……

牧民们并没有睡去，还是那家窗口，图像变了：主人坐在沙发上，剔着牙，拧开了收录机的旋钮。于是，磁带送出了一阵欢歌……

弯月升高了，它像一把镰刀，收割着草原上幸福的日子。

1985 年 5 月 5 日《南昌晚报》

昆仑雾

像嫦娥曼舞的裙裾似的一片薄雾，从昆仑山宽厚的肩头甩下来，挂在了山腰。

汽车离昆仑山起码还有四五里地，昆仑雾就已经把我吸引住了。

那雾生脚了，在走，变成一缕、一团、一摞……转瞬，就把远远近近的、错落有序的景物遮没了。草，看不出色彩；山，分不清层次；树，辨不来高矮……一切都罩在朦胧之中。本来明朗的都变得模糊了。只有不知从哪传来的歌声听来真真切切："在那桃花盛开的地方，有我可爱的故乡……"是收录机播放的立体声。

高大险峻的昆仑山因为这雾，显得更加含蓄，更富有诗意。我觉得自己走进了画廊，来到了童话世界。我看到了千变万化的各种图案，产生了美梦般丰富的幻想。昆仑山中这生了脚的雾，给了我更多的思索、想象，还有向往！

驾驶员将车熄火停在了路边，我竟然没有发现。这时，他说："雾太大，动不了啦！"我下车一瞧，可不，浓重的雾吻着路，本来就盘旋在昆仑峰上的路连影子都没有了。汽车的四个轮子也被湿漉漉的雾缠住了，保险杠上、水箱上，都簇拥着大雾。还有一团雾竟钻到我们驾驶室的工具盒里卧起来了……

驾驶员站在车前望了一会儿，便弯腰从路上拣起一个什么东西，对我说："啧啧！多遭罪！"

他提着一只死兔，那肯定是被前面的车轧死的。我说："这么大的雾，开车的就是长着八只眼睛也瞅不着埋在雾里的小生灵啊！"

"不，也怨它！"驾驶员摇了摇手中的死兔，"谁让它没有看见汽车呢？说不定是它自己撞到汽车上的。"

这只死兔，还有驾驶员的话，把我原先对雾产生的"朦胧美"扫得一干二净。我曾经有过云的眷恋，浪的思慕，雪的向往，再加上今天这雾的思索……

我继续望着昆仑雾，感情竟变得完全相反了。我觉得它像一个喝醉了的老人，掩着脸面向不相识的我纠缠，絮絮叨叨地讲着一个遥远的、我并不喜欢听的故事……

我想，最好响起太阳的脚步，使昆仑山露出真面目。因为，勘察队员那袅袅升腾的晨炊杂混在雾里；小河蒸起的那淡蓝的热汽卷在雾里，连藏家女收录机播出的歌声也搅和遮掩在雾里……

1985年10月16日《南昌晚报》

梦昆仑

　　鸟岛的斑头雁，载着晨曦染红的羽冠，从水天相接的陆地飞了，飞向另一个辽阔的水乡。真快！我从青海高原的大山里走出来，已经二十年了。其间，尽管几次回娘家，但毕竟飞走了。

　　昆仑有我的冰山来客，沙漠是我盛产幻影的地方。忘不了她啊，我的青藏高原！在天涯海角浪卷水花的地方，我怀念阿尔顿曲克草原上的方舟——骆驼，它从没有贝壳的沙滩上走来，驮走了多少荒凉、寂寞；在乌苏里江上的渔家小船，我想起了格尔木路口昔日那通往四方的简易公路，生活总是从狭窄走向宽阔，这条条小路潮动着整个的柴达木；在西双版纳密密的橡胶园里，我遥望着雪山顶上吊着冰凌的高原道班，老远看去那是一个简陋的门洞，屋里却车笛如潮，飞轮滚滚……

　　静夜里，我常常把月光捻成思念的带子，抛向那雪山的故乡。那年，我和昆仑山握手告别，建筑工手拿吐着火花的电焊喷枪，正用七彩的画笔，在脚手架上描绘一幅《昆仑新景》。来到首都，迎面看到的是，车轮在立体交叉路口卷起的旋风，给即将诞生的环城地铁送去动力。又是一个晚秋，我带着香山焦红的枫叶回高原。北京街头的街心公园，像一首首朦胧诗。我来到楚玛尔河畔，却看到唐古拉山老人棱角分明的脸上，浮现着繁星般迷人的微笑。当年戈壁滩是一片枯黄的叶子，现在变成了盖在沱沱河姑娘头上的一块绿色头巾。温泉小镇上簇拥的车铃，像无数的金属花瓣绽蕊开放，伸向牧村、道班、兵站，翻过唐古拉山……

我夜夜在梦中走进高原，那深沉的思念像一只敏捷的小鹿，从日月山到可可西里草原，从倒淌河到二道沟的兵站……就这样无拘无束地奔走着，越是走得远，越是思念；越是思念，越是走得更远。我心头有双翅膀！

　　今夜，北京的月儿好明，她和那些大大小小的星星，组成一个和谐灿烂的家庭。月儿像一面高悬的明镜，照着昆仑山，也照着昆明湖。月也金亮，心也金亮，我敞开心灵之窗，让心里装进更多的高原风光。我真巴不得把月光揉碎，织成一片偌大的金箔，在上面重新画一个圆月，寄给高原上我每一个战友……

1987 年 6 月 7 日《青海日报》

山崖枯树

不知在哪个凛冽的寒冬里,它枯干了。

从此,它携一颗雄奇的心,投向崖下深涧。

没有芽,没有叶,没有绿色。只有枯朽的树身。

它最喜欢冬天。一场大雪给它的枝枝杈杈绣上了一朵朵洁白、美丽的绒花,谁能说不像精美的工艺品?

它也有自己的忌讳,怕春回人间。因为春天能显示它的老朽。瞧吧,万物报绿,千山泛翠,唯有它可怜巴巴的枯干、枯枝……

在春天里,人们才能看清,原来它的身子、它的心,永远留在残冬里……

1987年10月9日·望柳庄

小溪流影

兵站的门前一条清清亮亮的小溪,我站在岸上,一眼就能看到河底——

水底铺着一层鹅卵石,亮晶晶的石子呀,细细的花纹像活着一样在颤动;

石缝间挤出了丛丛小草,流水把它梳成了一条一条的小辫;

草丛里不时地游来一群又一群的小鱼,摇头摆尾地窜上又翻下……

我从这小溪中看到的够多了,仍然觉得溪中少了点什么?奇怪,如此清澈的水为什么还满足不了我的要求?

我长久地思索,却没有找到答案。

这天清晨,一群小鸟从门前飞过,无意间失落了衔在嘴里的几片花瓣。一下子,小溪就漂起了只只彩船,增添了动人的颜色,闪金流银,好不耀眼!

我只觉得阵阵滋润,从眼底一直濡透到心窝!

蓦地,我明白了,小溪缺的是花,是色彩!原来,清澈见底的小溪也是一种单调。

啊,我们的生活不能没有花!

我感谢小鸟,它给我带来了生活的彩链!

1987 年 12 月 25 日《厦门日报》

道班门前十棵树

秒针在奔跑、一圈又一圈……

五个年头在绿叶翠枝间消失踪迹，十棵树染绿了荒原上的日子！

五年前，十个小伙从内地四面八方来到昆仑道班安家。他们带着故乡的十棵树，要用这鲜嫩的绿枝修复高原的伤痕。小树在公路边排成了队：北京松森森，关中槐葱葱，江南柳青青……深山雪水滋润着它们扎根，昆仑风暴催着它们发芽。春风里，树苗儿伸出纤嫩的手指，抚平了荒原的皱纹。

小树长得比人快，个头超过了十小伙。它们在道班门前排排站，冬为公路挡风雪，夏为乘客撑绿伞。每天清晨，小伙子出工，小树欢送，摇酸了十双臂膀；晚上归来，小树迎接，拍红了十双巴掌。

十个小伙加上十棵小树，那是昆仑山新添的十座山峰！

1988年3月5日《中国林业报》

桌子柳

泥压茅草顶，荆条编柴门。

木板围成墙，窗洞正朝阳。

老团长在施工现场的办公室，简陋、朴实、豁亮，一年四季都储满阳光。

驼背上驮个家，蹄窝里盛满歌！

不信，看看团长的办公桌：四棵柳桩插进土，爆出了青青的柳芽儿。上面搁一块木板，鲜嫩的芽儿围着四周，好像镶着翠边。木板上有书有笔，还有一本"戈壁日记"……

老团长爱柳爱到了心窝。柳截上带一瓣幼芽，插到哪里都能成活。插在坝上是护堤柳，插在河湾是墩子柳，插在戈壁是红沙柳，插在路旁是遮阳柳……头年，他从青海湖畔砍来这四个柳截，精心培育成了"桌子柳"，用绿色的理想去点装戈壁滩单调的生活！

部队要继续向沙漠深处挺进，老团长从"桌子柳"上扳下了几根柳条。他习惯了沙海里流浪，跟着太阳走就是方向。还有，总也离不开柳树，他带着这片浓郁的绿洲，走向又一个荒凉的地方，继续播种一块又一块的新绿……

1988年3月5日《中国林业报》

拉萨雪顿节

那年这时候我到拉萨,雪顿节把全城点燃得发烫;
今年这时候我又到拉萨,发烫的拉萨在雪顿节中沸腾。

幸福的西藏人在享受欢乐,他们把欢乐劈成两半,一半留在拉萨,一半送给冈底斯山那边的京城。
欢乐的西藏人在享受幸福,他们把幸福匀成两份,一份贴在心窝,一份送给天上的太阳。

雪顿节也许遇上落雪天,但是它与雪无关。
喜马拉雅山照例戴着烈火般的雪冠,加入到欢庆的行列。它举起纳木错湖当酒杯,骄傲地把青稞酒倒进江河源头。这一江一河漂着酒香在全中国流淌。
有一匹野驴醉在阿里的草滩上。

我走进拉萨郊区牧人的新居,女主人带着一家人欢迎北京来客。
他们每人抱着一坛青稞酒,把盛酒的一只铜碗递给了我。
全家人轮流给我敬酒,醇酒洗去我远方旅途的尘土和孤独。
小小铜碗盛着一片深海!

拉萨雪顿节,最热闹的地方数拉萨河。
男男女女,老老少少,都扑腾进冰冷的河里洗澡。好男儿,一身清光。好姑娘,满脸芳香。雪水是圣水,洗掉人间灾难。

　　水漂向了远方,岸仍留在布达拉宫……

1988年8月·楚玛尔河

昆仑瀑布

我走在昆仑山中,老远就看见了你,一片暴跳的白光、浪花,一片不散的烟雾……

你在这高崖前就发出了生命的叫喊,冲向无底的深渊。不是为了炫耀自己,而是为了冲走一切懦弱,战胜一切强暴!

这就是瀑布吗?

你代表了整个青藏高原的磅礴,连喜马拉雅山都在你的激浪中颤抖!

初次见到你,我虽然感到有几分压抑,但是最终我还是把自己的心服服帖帖地卷进了你疯狂的胸怀里。

我愿意跟着你一起去旅游,去闹腾,去创造一种新的生活。

你不愿蜷缩在深山的泥潭里,才展示了这样一副完美高贵的雄姿……

1988 年 11 月 · 望柳庄

转　经

　　塞满拉萨大街小巷的仿佛都是这转动的经筒和转筒后面那紫糖色石雕般的面庞，以及一双紧闭着的眼睛。

　　不管是五十年前还是五千年前，它都和出土的陶片一样应该成为历史。

　　转不完的佛经，走不尽的旅途……

　　拉萨被转成了一个凝固的小世界：文成公主栽下的唐柳已经枯萎，被铁栏杆围着供人观赏；大昭寺袅袅升腾的香烟寂寞地贴在蓝天上；八廓街上的石板路面铺着一层揭不掉的薄霜；就连布达拉宫的建筑群也变成了一幅无声的艺术品……

　　主宰这个小世界的上帝，难道就系在那永生永世也转不完的经筒上？

　　摇转、摇转，哪儿是它的终点？它又是从哪儿起始？

　　摇进了多少期望，苦涩，虔诚！

　　转出了多少眼泪，忧郁，哀怨！

　　夜，拉萨街头静悄悄，金黄的月亮像一只沉默的眼睛，窥视着古城的酸涩……

　　无声的摇转，虔诚的祝愿，路人从那一张张木然的脸上，分明看出一只美丽的希望去了，只留下一缕断了的目光……

1989 年 3 月 · 望柳庄

一颗遗弃的种子

一棵遗弃在山野的种子,咬破硬壳拱破地皮,怯生生地伸出了嫩茸茸的脑袋……

你就这样来到了人间,曲卷的根,盘结在峭石的缝隙;鲜嫩的枝干伸向崖头。不久,浓绿的叶,像一柄撑开的小伞……

瘠薄、荒漠没有使你屈服。凭的是什么?

山里的娃儿找到了答案——

你那根须,探到了地底的清泉,它像钻探机一样,不断地探索着通往未来的道路……

1989年第37期《散文诗报》

枪　声

——西藏往事之一

只是一瞬间,整个西藏仿佛都在一阵惊天动地的摇晃中沉没了。

分不清山野和村庄,分不清天上和地下。宇宙间除了枪声,还有枪声……

布达拉宫在颤抖。喜马拉雅山在颤抖。

祖祖辈辈熏烤得发黑的百万农奴的帐篷更在颤抖……

人性在倾泻;

哲理在沉没;

夕阳从四面八方复归。

拉萨街头噶厦政府那只印度挂钟的指针走向梦境,停在了:1959.3.10……

雪山上出现了一行读不懂的文字。

中国人会永远记着:是叛匪向祖国的胸腔开了第一枪。

流弹在黑暗中闪光,划了一个弧线。

光环里,是衣衫褴褛的女人的羞涩和表情木呆的男人的笨拙。

杈子枪在夜色中向魔鬼问安。

西藏在流血,血像太阳一样鲜红。

高山上的雪莲花麻木了,雅鲁藏布江的涛声凝滞了。

太阳是纸糊的,一捅就破。

月亮是泥捏的,不会发光。

多少人过不了河,他们在隔河相望,屏住呼吸望那看不透的夜的深沉……

有一队士兵从对岸走过。

枪声,远了,又近了……

1990年·北京

黑河镇一瞥

——西藏往事之二

藏北草原，汽车行进在梦幻中。
肆虐的暴风变得没有声响了。
低垂的天空像铅块一样沉闷，凝聚着混沌、忧郁的哀叹。
无数的雪花在挡风玻璃外十分不情愿地慢悠悠地飞飘，旋转……
轻盈的飞雪负载着沉重的思索。
汽车缓缓地开进一条窄巷。
行军地图上藏北草原上的一个重镇，变成了眼前这个简陋的小街。
它像个疲乏的老者；
它是个遗忘在山野的荒店……
呵！黑河镇。

街中心，一条小河疲惫涣散地皱着长脸。
几堆还冒着微烟的灰烬。
见来了车队，路旁摆开了几个商铺，卖的全是印度的鼻烟、假首饰，还有牛粪饼一样的坨坨茶……
汽车停在几间土房前。
没有动静。房顶上的烟囱像冻结了一般，无烟。断了窗棂的窗洞，半掩着一块破氆氇片，后面是一双老人呆滞的眼睛。
有几个大胆的牧人围上来，他们用藏袍袖口掩着嘴，以深藏不露的眼神打量着汽车以及开汽车的兵……

满天的雪花还在无声地旋转,旋转。

小镇太空寂了,太苦涩了。

空寂得有些苦涩;苦涩更增添了漫漫空寂。

黑河镇本来是一本旧书,现在更破了。

小镇外面的草滩上有几棵枯竭了的、弯弯的像问号一样的小树。

1990年·北京

七月的拉萨河

——西藏往事之三

许多故事埋得太深太久,在我的记忆中变得异常陌生。唯有拉萨河里那些漂动的绣花手绢,成为一张抹不掉的底片。三十多年了……

那时,西藏刚刚平息了叛匪的骚乱。

那是飘着雪花的七月的黄昏,一只无名鸟的翅膀驮着残阳从蒙着湿气的日光城上空飞过,我们一伙像泥猴一样的汽车兵,卷袖挽裤在河里洗车。

本来是一条奔放不息的大河,此刻变得像一泓平静的潭。

我们双手牵着欢蹦的浪花,不需掩蔽,也不需迟疑,冲洗着落满征尘的汽车。车上淌过一条条清亮的小溪,夹泥裹油地流向眸子般透明的河心……

绿绿的水,绿绿的云,绿绿的飘。

忽然,河面上漂来一片片绣花手绢,染花了波涛,旋转着流到了我们手边。

那是彩色音符的情愫?

那是绚丽的霞的相思?

那是……

我抬头向河的上游望去,河心的一排石头上站着五个笑嘻嘻的藏族姑娘,话儿含在眼里,目光是一行醉人的语言。

绣着花边的藏袍倒映在水中,仿佛跟着手绢一起向我们漂来。

会说话的手绢传递着姑娘们的深情:

"擦擦你们脸上的汗，还有你们的心！"

我双手捞起了湿漉漉的手绢——掬起了染红了七月的拉萨河。

我们洗车，用这绣着吉祥如意的手绢。

我们擦汗，用姑娘们的心。

每块手绢里都包着一颗星。这星星，燃烧着战士的眼睛。

这样的黄昏所有的人都在匆匆起程。

这样的黄昏离朝霞最近。

那时，我就有个想法：

将这满河的水煮沸，定格，使它成为永远不散的彩霞……

1990 年·北京

夜，安多买马有一盏灯

——西藏往事之四

是谁，在这深沉的夜幕上钻了一个亮晃晃的小孔？

一盏灯。

安多买马，唐古拉山下峡谷里的小镇，进入西藏的第一个驿站。

两山夹着一线天。它的白天甚至比夜晚还要平静、空寂，偶尔鸣响的匆忙而过的车笛，更增加了它的幽静。

今夜，小镇的静谧全集中在了这盏灯上。

使人感到，这地方与疯狂的雷鸣、与激烈的争辩、与横飞的山崩是绝对的绝缘。

这是西藏睁着的一只眼睛——一只眼睛睡去，另一只眼睛睁着。

今夜，我坐在驾驶室里写日记，瞄准了这盏灯……

也许它是荒野牧人帐篷里的油灯；

也许它是寺院里活佛膝前的佛灯；

也许它是雅鲁藏布江边的一堆篝火；

也许它什么都不是，只是我幻觉中的一座海市蜃楼……

火药味！

远处，有枪声。

我与灯光一起下沉……

1960 年得诗于西藏谷露

1990 年·北京

牧　童

——西藏往事之五

不知哪是生路，哪是死道？

唐古拉山伸出的这座山头，似乎四周没有路。

我只觉得它是倾斜的，也是扭曲的。也许是风把它吹斜了，也许是枪把它打歪了。

它完全是一副打盹想睡觉的疲惫样子。

就在这座不大的山头上，好像从天上掉下来似的站着一个藏家小娃娃，光脑壳，小藏袍，一只赤条条的胳膊露在风雪里。我分明看见了他胳膊上的雪。

我猜想，他可能是个牧童，要不为什么提着一根鞭子？

可是，羊呢？牛呢？

天气好冷，连山峰都覆盖着严严实实的冰雪，他怎不知道冷呢？

记得一个月前我们的车队第一次过山时，我就看到过他，此后我们又多少次从这里经过，每次准可以见他站在山头上。白天，车笛把他唤出。夜晚，车灯把他引来。

他只是默默地望着我们，不笑，不语，不哭，也不走。他好像有好多话要说。

为什么总不开口？

我看到，在他身后的山坡上，是一顶半撑半塌的帐篷，它已经无力支撑能使孩子赖以生活的炊烟——家里早就断了炊；它也没有能力遮挡风寒以及天上的星月……

他的家被叛匪践踏了，阿妈死了，阿爸死了，阿姐也死了……

这孩子失去了亲人，却没有失去这个家。

别处哪儿还会有他的家？

不知他吃什么，可是竟然活着……

车队从此经过，我总有一种山穷水尽的感觉。

有时下雪，他还站在山坡，企盼的眼睛望着我们。

我的心乱极了。

我记不得是什么时候，我们又来到唐古拉山，他不见了，只剩下那座倾斜的、扭曲的山头，还有山坡上那顶已经倒塌了的帐篷……

他呢？

不知道下落的一个牧童……

我悄悄地把这个镜头，夹在记事卡里，然后，想把它忘掉……

1980年得诗于西藏当雄
1990年·北京

飞 车
——西藏往事之六

没有星月。

没有村庄。

没有喧哗。

只有一眼望不透的雪山，荒野，冰川……

车轮压在冻得干渴的路面上，发出吱吱吱的叫声，石子儿飞溅，不时敲在车窗玻璃上，留下了一个个抹不掉的裂缝。

这是一车进藏物资，大米、白面、罐头、被装，当然还有枪、弹，以及两个押送士兵。

就是没有机器。

西藏的牧人还不会使用机器，那里的一切都埋在枪声里……

战备！急用！必须限期赶送到边防哨卡，出车命令上写着"五天五夜来去"。连长念完命令还加了一句：越快越好！

地面没有火车，空中更无航道，现在只能让汽车的四只轮子变成翅膀疾飞！

还有司机的心，也要变成翅膀。

青藏高原上，射出一只离弦的箭镞，穿越柴达木、昆仑山、霍霍西里草原、唐古拉山……

从峡东到边防，三天三夜往返。

如果在平时，这个长长的单程就要用去十天。

开车的是个飞人，他驾着飞车，在世界屋脊上创造了奇迹。

这个冀中平原上庄稼院里的后代，三天前才过了 20 岁生日。

此刻，他躺在格尔木军营里的车场上，靠着溅着泥浆的轮胎睡着了，熟得好像一摊烂泥……

不远处，连部的门口，飞扬着锣声、鼓声，还有准备给他佩戴的一朵大红花……

不要打搅他，他太累了，确实需要休息。

其实，不必担心，他从睡着以后就再没醒来。永远地睡去了……

一张皱巴巴的年轻的脸。

后来，大家才得知，他的肺脏碎裂，一腔浮水……

他三天走完了一生的里程，确实太累了……

他征服了高原，高原也征服了他。

连队门口，报喜的锣声、鼓声还在狠劲地响着……

1959 年得诗于格尔木军营

1990 年·北京

坠 落

今夜，见你匆匆，离也匆匆。

我们留在常常相会的樱桃树下的脚印，默默地，轻轻地，仿佛来一阵风就可以卷走。

就在我们握手的一瞬间，我看见樱桃树上挂满了果子，累累果实把树枝压得弯到地上。

夜色朦朦，我看不清你，你也看不清我，卧满枝头的樱桃喷放着清香。

没有说声再见我们就分手了，我回头看：地上落了几颗熟透了的樱桃。

我终于明白：成熟与坠落离得最近，最近……

1990 年 1 月

背 影

连回头望我一眼的留恋表情都没有,你就轻轻松松地走了。

背影,一个写满任性、寒冷的背影……

此时,在我们分手的十字路口飘落着几片死沉沉的秋叶。记得我们第一次见面就在这里。

我并不感到突然,就像半年前的那个夜晚你走到我怀里一样我不感到突然。

你义无反顾地走了,我在惆怅中带有几分解脱。当你那陌生而熟悉的背影离我越来越模糊的时候,你的面容却在我眼前变得越来越清晰……

难道人的背影有时也恰恰是面容的翻版吗?

我紧闭双目,眺望着你的背影,读着你背上那些也许只有你才懂得的文字。但是我太熟悉你的面容了,那是一张经常挂着笑容却使我总感到寒心的脸……

你走了,没有回头望我就走了。

我不惋惜那个渐渐远我而去的背影,我只祝愿你千万不要回头望我。因为那张脸也是一个我永远也读不懂的背影。

1990 年 2 月

等 你

等你。在汽车站上。
你没有来,从日落到月出。末班车已经过去。
勾月孤独地挂在中天。
等你不来,难道是因为我心里没有你?
这时,我忽然发现远处有个人影。那不就是你吗?
一个背影慢慢地离我而去。
原来,我等你,你也等我。
两个互相等待的人永远走不到一起。
站上又来了一个候车人,末班车早过,他还在等着,等着……

1990 年 3 月

胸　膛

我从不在你面前拍胸膛。何必呢,因为你能听见我的心音。

你紧靠着我的胸膛,说,这是一堵墙,可以为你抵挡风寒。

又说,这是一个港湾,你可以在这儿静静地歇息。

我没有摇头,只告诉你:这墙还可以挡住阳光。

又告诉你:这港湾有时还会卷起暴风恶浪。

你把我靠得更紧了,说:正因为这样,我更需要墙,也更离不开港湾。

我也听到了你的心音。

我把胸膛坦露给你。

你也把胸膛送给我。

1990 年 3 月

我不愿锁在金盒里

东山衔着弯月,我快步轻脚地来到乌图美仁牧村,在地无三尺平的昆仑旅馆门前徘徊了许久,我最终也没有走进那宽敞的房间。

不远处,山腰帐篷顶上那缕袅娜的牛粪烟吸引我去投宿。

昆仑旅馆,我不是你的客人,我是一个曾经在这里生活过七年今日漫游回到你身边的过路人。今晚,我就躺在昆仑山的胸脯上,好看看山峰上那黄铜似的一轮月牙,听一听雪山熟睡后那均匀的呼吸。

坐在车里凭窗看景色,不如置身在景色里尽情地享受。

我离开昆仑山二十年了,我的思念年年都贴在某一张日历上不肯落去,我的祝愿储存在大山里,我夜夜都能听到回音。今晚,我回到了高原,不会把自己锁在一个金盒里。

看不到沙漠,看不到荒原,看不到山河,这还叫什么生活?

我躺在藏族阿妈的帐篷里,喷香的酥油味将我的心肺灌酥。撑帐篷的地址曾是一条河,水早已干了。那是高原人渴盼的泪水啊,不知被漠风卷到哪朵云上?我睡在昆仑旅馆旁边干渴的河床上,也许更能欣赏旅馆的雄姿!

夜已很深,我还未睡。月光瀑布般地洒在帐篷里,我看到昆仑旅馆的窗口彻夜地透着灯光。我启动月牙儿这只游船,到昆仑山里去出巡,那些窗口都是我停泊的港湾。

昨天和今天我一起收进眼底。

今晚，我没住进昆仑旅馆。

因为只有博大的昆仑山的怀抱才能接纳一个高原游子的感情。

窗外，天幕上有一轮失眠的月亮……

1990年5月·格尔木

一堵残墙

它像岁月锈蚀的一块商标，年年、月月……站在进藏的路旁。不怕寂寞的愁郁困扰，仿佛有撕不断的思念和追求。任冷雪吹打，任烈日暴晒，土墙凝缩得像岩石，岩石风化得像松土。

月圆了，它是缺；月亏了，它还是缺。光阴分明在这儿停止了脚步。它从来没有中止过自己的诉说，也许有一日被风化完了，它的诉说才真正开始。

没有经历过火山爆发的涤荡，也不曾有过沧海变迁的翻腾，只是岁月跑步后遗弃在高原上的几片枯叶似的脚印。

这个多雪的冬天，我在翻越过积雪皑皑的昆仑山之后，站在它面前，琢磨着它本来的含义。在一盏古老的酥油灯下，我一段一段地删去心中的猜测——

喇嘛庙的一块山墙？

游牧者帐圈的一角？

筑路战士的得意之作？

勘察队小屋的残骸？

……

该远去的都远去了，随着飘飘的云，随着纵横的雨。它原本就是岁月的遗子：一道残墙。

今日看见它，我总觉得心头很冷。

当初，它隔挡的风寒太多，太多，不管是为僧人、为牧女、为队员，还是为战士。它的存在就是为了使严寒与温暖在这儿有个分界线。

它走了很长很长的路,才寻到春天的种子,燃亮星斗一颗,生起篝火一簇。

把浑身的热能输送完了,它今天才显得那么空荡荡、冷漠漠。

它被遗弃了,有多少话要诉说!

它无家可归了,天天呼唤着回家的路!

多少年了,没人抹掉落在它身上的尘埃。今晚,我对友人说:咱们就在这儿投宿吧!也许,我们要挨一夜奇寒,可总能把那空荡荡的世界,挡在这残墙之外……

1990年6月·昆仑山

白刺根的价值

在沙漠里跋涉，我的心并没有干涸。

它的突然出现使我向往起了一条河。

分明是一朵流浪的云，用手绢兜着种子，飘过许多地方都不落下，却似乎没有徘徊，毅然把枝叶崛起在这没有生命的沙滩上，定居了。

不是蜃景，只是苦涩。

我走近它，才发现了它的存在。那沙子似的肤色使人很难分辨它的枯荣；那米粒似的花朵以及淡淡的一抹红色，简直像谁把一粒粒沙子贴在了枝条上。

花期太短了，仅仅盛开了一个夜晚，它就走进了自然界一个角落。清晨，我看到它凋谢了，一抹淡淡的红落在地上……

沙漠在流血！

顽强的美丽。仿佛在这时候我才觉得它是为了装扮荒野而生而死，赠给了沙漠一条红纱巾。

它走了。来也姗姗，去也匆匆，连舒展身子做个梦都来不及。但它毕竟在沙原上开了一次花。

来年，它还要继续来这儿繁衍子孙的。

我在深思：黎明的色彩是暗夜给的，没有生命的沙源里处处都蛰伏着风景线……

1990 年 6 月·昆仑山

野枸杞

在三千米,甚至四千米的雪线上,我意外地看到了一蓬蓬野枸杞。它们以钢丝似的根须紧紧地扒着饥渴的戈壁滩,站立在能把昆仑山撼动的热风中。向东点点头,向西弯弯腰,在终年的摇摆中长高了个头。

夏天开出灰灰的花瓣,秋天捧出淡淡的红果,构成了这千年禁区的生命风景线。

你还要搬家的,往五千米,以至更高的地方。雨雪飘零的地方,有你一处暖房。这不是无据猜测,有战友说,前年你已开始在唐古拉山繁衍子孙……

没有人着意培育你。因为这里任何培育都要付出高昂的代价。你不需要溪水,也不需要肥料,一片薄土就足以支撑生命的村庄,使你组成新的家族。

我为你惋惜:那满枝头的果实从来无人采摘。尽管你也是药材,同样能治病。直到来年新的花朵绣出时,你已经风干了的果实还挂在枝上……

因为你是"野"的,因为你勇敢地背叛了父辈们祖辈生活的福地来到了昆仑山……

1990 年 6 月 · 昆仑山

问路将军楼

向往被锤炼的岁月。
我在格尔木寻觅。
一片高楼……
一片绿荫……
一片波影……
将军楼在何处?

当年,虽然这座小楼像平房一样简朴,虽然将军已离开了高原。可是,有这座小楼在,我就可以想象他的身影,描绘他的容颜。格尔木的第一代人谁都知道他是"青藏公路之父"。是他,骑着骆驼从青海湖畔跋涉到这名为"河流密集的地方",实际是无水无树的戈壁滩。他亲手撑起了六顶军用帐篷,暴风猎猎,大雪漫天,孤独的帐篷在摇曳。它们是格尔木新城的雏形,昆仑山下的第一缕炊烟就是从他的掌心飘起。

这缕炊烟抱着昆仑山,拂醒了沉睡的荒原,吻绿了高原人的心。

二十年过去了,我早已离开了高原,将军楼无时无刻不耸立在我心里。我怀念它,不仅仅是为了一个将军,而是那像昆仑山一样深情的柴达木人创业精神使我难忘。

今天,时代召唤开拓者。
将军楼,你在哪里?
我拦住一个上学的小姑娘问路,她很有礼貌地对我摇摇头。

将军楼对她像天上的星星一样遥远、陌生。

我又向一位胸前飘着银须的老者打探,他瞪着惊讶的目光看我。

将军楼在他心上早已塌陷。

我继续在楼群间穿行,在绿荫中寻找。

孩子们的歌声多甜,老人们的表情难以琢磨,我的思索好沉……

今天永远是昨天的延伸,明天的太阳却不一定就能高悬在昆仑山顶。

我问格尔木:哪儿是六顶帐篷的旧址?

一条小路掩埋在风沙之中……

1990年6月·昆仑山

冷　枪

可可西里草原在颤栗。

昆仑山和它怀里的雪水河一起闭上了眼睛……

造孽的枪口啊,此刻它正毫无顾忌地从冻着冰的土塄坎上伸出来。枪口后面是一只眯缝着的眼睛,那睫毛很长,很黑。

六月,昆仑山也在落雪。

狂烈的暴风雪横扫莽原。

地平线上,成群的藏羚羊仰起了惊慌的脖子,四处张望。它们分明嗅到了浓浓的火药味,微微的震颤已经传送到了它们的足下……

枪口,就在藏羚羊的身边!

雪花漫无边际地悠悠飘荡,仿佛要遮挡住那愚昧和罪恶。

公路上,来往的汽车在和平地行驶。

草滩上,牧羊女抱着双羔,酒窝里盛满甜蜜。

藏羚羊继续伸长着雁脖张望……

塄坎下那纤细的食指正拥紧着冰得发烫的扳扣……

随着一声爆响,针尖将扎进月亮的心!

枪声过后,荒原是最深的沉默。

昆仑山老人的目光已经迟钝得难以闭合了。

即使瞎子，此刻也会流泪。

泪水涌进不冻泉，堵了泉眼。

可可西里地层下的万年冰柱正酝酿着新的山洪……

1990年6月·昆仑山

望柳庄

没有纤尘之阻，没有粒砂之障，我在长安街上西望昆仑山，蜷缩的目光一下子被远方诱人的目标拉直。

雪山、草原、戈壁来到了我的书房。

我思念那让人五脏六腑都舒畅的洁净雪峰，思念雪水河里那大得一汽车只能装一块的冰凌，思念阿尔顿曲克草原上哈萨克人那挑着下弦月的帐篷……

一杯淡开水藏久了，也会变成好酒。何况它本来就是一杯酒呢！

望柳庄。

我不知道现在的格尔木城里是不是还有这个地名。但是，老高原们是无论如何都不会忘掉它的。五十年代直至六十年代初期，"望柳庄"三个字赫然、醒目地出现在格尔木路口的一家门楣上。那是从沙海里打捞上来的一片绿荫呀。绿色有暴力，这开放在荒野的三个盛大的字，把沉睡的格尔木唤醒了。进藏出藏的旅人无不将目光射向它，久久端详、品味生活。

据说，那是慕生忠将军挥毫泼墨而写的。当时，格尔木除了埋在沙丘中的朝阳、月亮，就是遍地的红柳丛，难得找到一户人家。将军的目光透过历史的结合部，栽下了一棵柳，看见了望柳庄……

我是在一个多雪的冬天的清晨，从拉萨执勤归来，披着一身冰雪，无意间在转盘路口发现了这片嫩芽的。这之前也许老高原们给我提过此事，但是绝对没有像那天看到后那么鲜亮、那么翠绿。高原的世界经过冷冻储藏，显露出了活鲜的形象。

望柳庄，从此我把这三个活蹦乱跳的字深深地放在我心房里最暖和的那间屋里。

那年代，我写的几乎所有作品后面都要缀上望柳庄，那是三个台阶，我踩着它攀上世界屋脊。

正因为我心灵结出了这样一颗野果，流淌在心窝里的雪水河至今也没有干涸。

离开高原后，我把我在北京的书房索性就叫"望柳庄"，不少朋友问我："望柳庄"在北京的什么地方？

她在格尔木路口，她在昆仑山！

她是沙原上的一丛红柳，她是雪山下的一顶毡房，她是长江源头的一只藏羚羊……

1990 年 6 月·昆仑山

溪卡天线

重返西藏高原,中间断了三十年。

平息叛乱的那个早晨,我作为共和国一个拿枪的士兵和溪卡村那些黝黑的脸上挂着泪花与笑容的牧民,在村口的雪松枝上高高地挂起了一盏汽灯,欢庆用鲜血换来的第二次解放。就是这盏灯把这个结冰的藏村从隆冬里唤醒,结束了几千年饥寒离乱的农奴历史。至今我还记得我的心像手中发烫的枪管一样热腾腾。

溪卡村,我回来了!

村子仍躺在山坡上,坡还是原先的坡,沟边的石头也没有变样,只是那些熏得发黑的帐篷大都被明晰的藏式楼房代替,多了一片郁郁葱葱的树林。一间间瓦房像一艘艘古朴的船浮在绿波荡漾的海面。

进了村子,我才发现藏村最动我心的变化固定在各家的屋顶上……

竖立在屋脊的电视天线,高的、低的、粗的、细的,还有圆的、方的……像一幅美丽的图像,贴在明净的蓝天。这是藏家新生活的触角,汇聚着四面八方的欢乐,冲刷了山乡的萧条,挑开了漫山的花讯。

溪卡村的藏民也许一辈子不曾走出山沟一步,他们世世代代守着大山,点一支鼻烟,盼着朝霞红。续一把牛粪火,夕阳暖在心窝。封闭终有沟通,今天沿着这些敏感的天线,流来了一条又一条载着外面最新信息的河,还有从中南海吹来的微熏的风。它们能使荒原变成彩色,能使每一块浸满腐植质的黑黝黝的泥土长出雪莲花。

雪花已经把泥土覆盖,春天和冬日就在天线上更迭。

离开北京前,我还担心,这世界屋脊太遥远、太闭塞。现在反觉得,西藏高原的藏家人把目光放得更远。

有一家牧民的屋顶用生锈的猎枪撑着亮亮的天线,它触动了我回忆的心弦,思绪突然回到了三十年前的那个早晨……

1990年6月·昆仑山

唐古拉山

你是青藏公路的制高点——5700米。

公路穿过的山中像老者那没牙的嘴，终年咀嚼着枯萎的夕阳和苦涩的山月。多少年轻的生命就被你这样咀嚼掉。

你太吝啬，只给过山人所需要氧气的一半；你太慷慨，腾出那么多空地建造死者的坟墓。

有一只寂寞的无名鸟撞死在你的山岩上。它是从青海湖畔飞来，怀着一颗开拓的美丽的心。

也许你那惊叹号似的顶端有神奇的草，有诱人的温泉。可是，没有常青藤攀缘够不着，没有触天的瓢舀不来。

一切都是古老而美丽的传说，这传说深埋在你的腹都。

二十年前，从我知道你的存在的那天起，就把你的名字与死亡连在一起。我每次看到你怀里紧抱着的那些石垒的坟堆，就想：这是它们给你做的广告。

真让人难以置信，在这个缺氧的世界里，你却精神抖擞地挺立了一个又一个世纪，成为中国西部一块不沉的高地。

还有，我要问你：在你山巅盘旋的太阳也患缺氧症，为什么还那么鲜红？

人们渴盼这太阳能孕育一个展示蓬勃生命的广告，贴在世界屋脊上。

有个勇敢者无视你的存在，乘坐汽车顺利地过了5700米。过山后，当别人提醒他刚才跨越的就是唐古拉山时，他马上晕倒在地……

人们沉重的心理负担使你的峰巅变成无底深渊!

一队牦牛从山顶走过,一路反刍,一路前行。牦牛背上坐着我,我知道熟悉的地方没有风景,更知道评价唐古拉山不能只凭传说。我站在山下望你,我的目光没有弯曲。我要和牦牛一起去发掘整理这个神秘的传说,用我找到的钥匙,打开你的门窗……

1990 年 6 月·唐古拉山

海市蜃楼

　　在这里所看到的一切现实生活中都不存在；不存在的东西却实实在在地出现在这里。
　　我们的汽车急驰在昆仑山下的沙漠中，车窗玻璃上游戏似的变幻着图像：
　　有森林没有青翠，有大海不闻涛声，有楼群不见喧闹……
　　海市蜃楼！
　　我闭上了眼睛。
　　不要去占有星星，不要去拥抱太阳，不该属于你的你永远也得不到。
　　沙漠腹地。车渴、人渴。小憩。
　　车窗玻璃上继续变幻着那一片波光粼粼的图景……
　　它为什么总是在重复一个主题呢？
　　因为这里是干渴的世界。
　　司机抹了一把脸上的汗珠，甩在地上，沙面上出现了一个个湿漉漉的小坑。漠风卷来，汗坑又被盖住了。
　　于是，沙丘里埋下了一眼眼清泉……
　　请告诉所有的少男少女：只要心中有爱，所有的美好图景都会在她们眼前出现。
　　那不是海市蜃楼。
　　我想，那眼清泉就是给后来人留下的一份说明书！

1990年6月·格尔木

昆仑草

在我怀疑这海拔4772米的昆仑山口会不会有绿色的黎明的时候,我认识了你——昆仑草。

你不是我过去笔下的那棵草,也不是人们看了电影后经常议论的那棵草。那棵草早就老化了,也许死了——尽管它已经变成一棵大树永久地长在人们心里。

我不敢断言,你是否就是那棵草的后代,但我可以肯定地说,你比那棵草长得鲜嫩、富态。当年那棵草被人们渲染得长在了昆仑山巅,你却紧紧地扒着大地把绿云绣在戈壁滩上。

战士们告诉我:你真正的名字叫羊粪草,是从昆仑深山的西大滩来的。

头一年战士们从西大滩挖来羊板粪改造土壤,谁也没有想到那些风干了的羊粪里会卷着羊儿没有嚼碎的草籽。羊粪拌进了沙地,种子入土,戈壁冒芽。遥远的地方有了遥远的草。

从一棵草变成了另一棵草;从一片叶子长成了另一片叶子。生命的传承生生不息。

我猜度:这些不知名的羊儿衔的不知名的草来自何处,霍霍西里(可可西里)草原还是拉萨河畔?

也许你们的祖先是群居在水草丰盛的藏北草原上,羊儿在一顿饱餐之后,把你们装进肚里带出来,有意无意地屙在瘠薄的土地上,你们才有了新的生存契机。

昆仑草,你使我懂得,世界上任何有生命的风景线,几乎无一不是从频繁的移动中诞生!

1990年6月·格尔木

没有墓碑的陵园

坟包，一眼望不透的坟包，它们吞噬了多少生命！我真不相信，那些丰盈而生辉的岁月是从这里飘走。

这块沉重的土地上托着比唐古拉山还重的负担，暴烈的漠风从这里走过都要放低风量。

没有围墙，不见广场，也不设灵堂，连一块标志陵园的牌子也找不到。我敢说，在中国，它是面积最大的墓地。南望银岭，昆仑山是它的南门。北眺翠峰，祁连山是它的北窗。

一个又一个小土包，没有墓碑，不知道姓名……

他们从哪儿来？又到哪儿去？

我在坟场上惆怅地寻找着黑色的戈壁石。谁能告诉我：这座陵园里埋着多少狂热的理想和美妙的年华！

我在坟包间觅寻。我甚至怀疑：世界上是否诞生过这些生命？

就在我动身来瞻仰陵园的这个早晨，又一个被高山肺水肿夺去生命的战士在这儿找到了自己一生的最后归宿。他刚18周岁，在家时夜里睡觉也许还离不开妈妈的怀抱。可是，他入伍一年来驾驶铁马已经五次翻越了唐古拉山。

墓头上的沙棘在热风里悄无声息地呜咽着。

坟地太干燥了，空气能点着火，地面龟裂开一道道缝。

这里应该有一条河。这些在青藏高原苦斗了多年、几十年的无名者，生前忍受了多少风寒、干渴；现在长眠了，应该让他们畅饮，叫他们滋润。

可是，没有一滴水，格尔木河离它十多里，昆仑河离它上百里。他们生前清贫，死后仍然一无所有。

这个很大很高的新坟是一对老夫妻的合葬墓。新中国成立初期，他们双双从抗美援朝的硝烟里走上高原，在雪山战斗，在草原成家，在戈壁生儿育女，又在这里双双携手远去……

不该走的人已经远行，活着的人还要抗争。生活如此平静。

陵园里确实需要一条河，干渴的英灵们等待着解渴，等待着洗尘。

我在卷着热风的坟间穿行、思索：也罢，没有河，更能增添这墓地凝重的美……

1990 年 6 月·格尔木

重返杨柳沟

杨柳沟——二十年前的地名。

今天依然存在。

一切如旧,到处是一片沉寂,没有琴声,没有水声,没有喧叫。

杨柳沟。

杨在哪儿?

满眼不毛的戈壁。

柳在何处?

热风在放荡地飞卷。

分针和秒针似乎在这里都变得异常迟缓。

我沉重地感到这地名记载着当地人所有的痛苦渴盼。也许已经好几个世纪了,杨柳沟一直伴随着干渴的土地、冒烟的秃岭。

绿色的徽章何时能挂在杨柳沟的胸前?

重返杨柳沟,我还是有了新的发现:

山顶的千年积雪分明已经松动;山下的戈壁滩上有一队士兵正在训练:跑步、卧倒、冲刺、匍匐……

在他们跑步时,我觉得他们跃上了天庭;在他们静卧时,我感到他们像山峰一样巍峨;在他们刺杀时,我看见汗星子四处飞溅。

革命,总是这样年轻。

生活,终究要涂艳干渴的心坎。

我看到战士肩上扛着囚禁不住的春色,在杨柳沟匍匐前进。在他们洒着热汗的地上,仿佛写着一行召唤的大字:

戈壁等盼杨柳，

昆仑需要绿荫。

重回杨柳沟，我虽然没有看到杨柳。但是，我愿做戈壁滩一棵浅浅的小草，一个心中没有抱怨的人。我还要自豪地说：那落满沙尘的一页历史，将让位给清晰活鲜的思想……

1990年6月·格尔木

格尔木的夜

　　入夜很久了，昆仑山巅的星星都在丢着盹儿，热闹了一天十分疲乏的城市才倒在了昆仑山恍恍惚惚的梦里。
　　但是，它还没有入睡。
　　街上不时地滚过车轮压在石子路上的沙沙声，很轻、很轻，很快、很快。好像是向拉萨驶去，又好像是开向西宁……
　　只有那凝固了似的扇形灯光可以作证，今夜，这一队队铁马小憩在转盘路口的车场上。司机没有洗漱，却忙着给汽车加油。
　　格尔木的夜是一幅古老的油画，停驶了的车队的剪影，好像贴在深远的夜空里……
　　后半夜了，车轮擦地的声音仍然时断时续，格尔木的夜呵，到底有多少动力！
　　我整夜整夜地被动荡得睡不着。
　　这里比北京晚睡两个小时，但是，却比北京早起两个小时。
　　这里的太阳比北京的大，但是却没有北京的太阳暖……

1990年6月·格尔木

听　泉

山中有一种声音牵动我的心，每次我走进山里，总要问自己：那是什么声音？

崖畔松林里的涛声？峡谷古树枝头的鸟鸣？溪边采石场上的炮声？……我踏着蒙满青苔的石头，寻觅，思索……

忽然，有一束光闪在崖下草滩。那不是堆砌的硬币，也不是珠贝彩石。

呵！一泓清泉盈盈跃动！

叮叮，咚咚……

很遥远，又很亲近。我终于找到大山的声音。她像温柔的山姑，又像彪悍的山汉，那么清脆，甜美，抒情！是谁把一腔柔情，丢在了这里？许给了荒野，许给了山风。

山泉，群山胸脯上的一碗乳汁！

我把她放在我感情的弦上，想象着她的寂寞，推测着她的流向——

她耐不住深山的孤独，一心向往原野的壮阔。于是，她挣脱了层层峭石，从淡雾飘荡的山涧，跳出了欢乐的脚步。她把身影留在山中，把声音系在崖头，带走了一根不知何时挂在身上的情丝。

她轻轻地流着，欢愉地歌唱。迂回蜿蜒，曲折前进，不停不歇，不消不涸。没有黄河长江那样豪迈的气魄，没有大湖大海那样诱人的恢宏。

看她一路的旅程，总是人迹罕至，偶尔只能拾到巡逻战士的几串脚印……

我站在清澈见底的泉边，看到水面露出了活活鲜鲜的生机。亘古的山月再也不是鬓发苍苍的山翁，它正披着一束青青柳丝扭出了深山；还有那些白鳝、鲤鱼，正在梦游一般地吹着水泡；一块硬硬的山石上，竟也沾上了几瓣春叶……我禁不住想潜入湖底，打捞起这沉没了许久的欢喜。

　　但是，我立即打消了这念头，享受本该属于那些在寂寞山林里巡逻的战士！

　　叮叮，咚咚……

　　辽阔而低沉，遥远而亲近。

　　有停顿，波浪的孤影；有叹息，悠闲的清醒……

　　也许一场雪，会使她的声音在冰凌上滑落。但是生活的脚步绝对不会消失。

　　我常常喜欢站在山外倾听流泉的声音，听比看更富有韵味。

　　山泉，我喜欢和你一起去后山爬坡……

1990年6月·格尔木

世界屋脊有一条楚玛尔河

平庸的地方留不住它,热闹的地方也留不住它。它从遥远的大山来,要到遥远的大海去。

也许它在唐古拉山下留一泓清泉,但那绝不是静静的港湾,它贮进了涡轮之歌。

也许它在霍霍西里草原上涌入回水湾,但那绝不是回头路,而是在大地的胸脯打了一道淋漓圆滑的曲线。

它的最高宗旨是奔涌,不停地奔涌。它不会蜷缩在海里,也不会歇息在堤坝的怀里,它最怕的是寂寞以及比寂寞还可怕的停顿。

它把生命系在征途上,只要有一点力气,就要奔腾。即使从大地上消失的瞬间,它也要唱上最后一支浪涌涛飞的歌!

1990 年 6 月·格尔木

不冻泉

兵站没有了。
运输站也不见了。
惠嫂①呢?

……

不冻泉无情地留下了它的昨天。
从地球上取消一批仿古建筑比建造一座泥瓦房要容易得多……
历史向我发出邀请,我回到了二十年前的这个深山小镇。它为什么坍塌,我无从得知,但我知道青藏线无疑向前迈进了一步。
遗址不仅是历史的回音,还常常折射着明天的风景。
今日我回不冻泉正是阳光直射的中午,这片地域变得好寂静。只听泉水在潺潺响动,好像从地层下好远的地方传来。一切声响都仿佛在这流泉声中了。
泉声拓宽了这里的空间,一个浩瀚苍凉的空间。
一队牦牛悄然无声地从山脊走过。
几只野兔站在土包上伸长脖子好奇地张望路上的汽车。
一辆大木轮车拖着两行粗糙的轮印向远方碾去……
好个静悄悄的不冻泉哟,它安详地抱着正午的太阳在酣睡。
忽然,一阵笑声,一股酒味,搅和在一起,浓浓烈烈,扑香而来。

---

①惠嫂系电影《昆仑山上一棵草》的主人公。

我紧走几步,看见了:

斜坡上,一位藏族姑娘正和几个司机野餐……

欢乐和激动都泡在他们的酒里!

这时,我才感到,不冻泉的水是从酒杯里流出来的,昆仑山的太阳也是从酒杯里升起来的。

我还看到:不冻泉里一只木盆在水波里漂旋,盆里是一件夹克衫。盆是姑娘的,衫子是司机的。

车过不冻泉,深山小镇没有了,但是泉水没干涸,惠嫂树立的丰碑半寸不矮……

1990年6月·不冻泉

匆匆的云

山洼里升起一朵云,匆匆匆匆匆匆,像一阵柔柔的风,没有遮住太阳,却把晴空映衬得更蔚蓝。

云呀,它是太阳抽出的金丝。

一朵云拧下了一场雨,好猛、好大的雨,汽车的篷布被砸得嘭嘭脆响。

三分钟,云走雨停。

雨后,地上竟然不见一滴水,只是空气显得更湿热,像刚从蒸笼里跑出来的气流。

雨呢?

在空中变成了河,从空中流走了。

雨被日光熔化了,雨被热风卷走了。

汽车仍然在尘土飞扬的沙漠里行驶。

那朵云又飘到别处去倾泻,雨还是那么大那么猛,那么干燥,大地照例没有得到滋润。

过路云,你虽然有壮丽的分娩,却不见生命的躁动。我不认识你时感到你是那么新鲜,今天相识了仍觉得你是那么陌生……

1990 年 6 月·五道梁

青藏公路零公里处

也许因为我曾经在四千里青藏线上奔走过七年；
也许因为我领略过唐古拉山暴风雪的疯狂；
也许因为昆仑道班养路工的铁耙梳理过我坎坷的心田；
也许因为我从倒淌河的水波中看到过车队长长的倒影；
也许……

当我站在西宁市郊青藏公路的零公里处的时候，陡然觉得"0"是那么富足，那么恢宏，那么无限。它把数千里压缩成一个点，在这里凝固。零公里处的这块里程碑是四千里青藏公路的底座，它托着世界屋脊，也托着整个中国。

我为自己的发现欢欣，又为自己迟到的感悟而遗憾。于是，我问自己：七年的青藏生活，为什么今天对"0"才有了新的认识？

我乘坐着汽车向昆仑峰巅冲去。我不但孕育翅膀，还孕育飞翔。

1990年6月9日·西宁

半截路

平静得有点苦涩。

寂寞得有点冷峻。

因为大雪封锁，昆仑山凝固了。

对雪山的诱惑促使我在这个出门无路的雪天扑进它冷冰的怀抱。

白绒线般的地平线上冒出小瓣儿，山上晃动着一个忽直忽弯的影踪。

远看，像个人。

走近了，我才发现是棵树。

巍巍雪松。

陡峭的崖壁横在眼前，黑褐色岩缝里满是苔藓。不见攀登的路，连根藤条也不挂，唯见雪松支撑着低低的苍穹。

雪的纯白和岩的深褐在崖畔构成鲜亮的分界线。

谁的杰作？把树种上了无路的山巅？

雪地上踏满了我寻觅的脚印，却始终没有找到一条上山的路。

雪松得意地摇晃着枝叶。

死亡的地方，栽着孤独的自由的松。

我纳闷……

次日，我又用贮存在脑海里的信息寻觅树的踪迹。

我向山外的每条大路呼唤，你们为什么不延伸到这里？

一位牧人被我召来，他说：山没路，树没脚，那是小鸟把种子衔上了山。

噢! 路在鸟的嘴里含着。

牧人又说：每粒种子的头部都挂着稍许泥土，落地就生根。

噢! 种子的脑袋里也有条路。

牧人挥鞭而去。牧归，羊群在白绒般的平线上蠕动。

这时，圆圆的夕阳西沉。山升高了，小树也变大了。

当夜，我躺在山屋里做了个梦，梦见世上所有的路原来都是半截……

牧人在山畔守候对鸟的思念。

1990 年 7 月·西宁

鱼鸥之死

（一）

去青海湖之前，朋友悄悄捅捅我：
"鱼鸥最通人性，你一定和它做朋友。"
我没有翅膀，心窝里升起了风帆。
汽车出发了，留下了撕不断的缠绵……
五月，正是青海湖受孕的季节，那诱人的海心山是它丰满的乳房。

（二）

汽车在像大海一样漫无边际的湖边急驰，当地平线上突然冒出来鸟岛之前，是那漫天飞飘的金箔迎接了我们。
啊，鱼鸥！
它们分明像白帆在宇宙的海洋里鼓起。
微风揪动了缦帘，多耀眼的波纹！
从现在起，我心里潜入了许多翅膀。
青海湖，青藏高原的动力湖！

（三）

野餐并不丰盛，馒头加咸菜。却因为鱼鸥加入了我们就餐者的行列，欢乐弥补了欠缺。

湖边的树上长着太阳。

鱼鸥不时在我们头顶盘旋，有时索性就落在我的肩上，啄一口我抓筷子的手。

来吧，鱼鸥。我们共同雄心勃勃地去追赶唐古拉山的野风。

你有翅膀，我有理想，我们不希望前面有花朵，只盼望雪山上有一轮快沉没的夕阳。

（四）

我们举起照相机。

拍下湖水、鸟岛，还有鱼鸥——我们尊贵的客人。

你飞翔时的姿影，你啼叫时的声音，都一起收进镜头。你的姿影是一块弹动的、色彩鲜艳的云，你的嗓音是南方成熟了的荔枝。

鱼鸥，我们一起来合影，遥远的、看不见的昆仑山作背景……

（五）

也许我们来迟了。

在湖边，有一只鱼鸥死了，它的血还是热的，它的眼睛半睁着。

过去，有人告诉我，青海湖里的水是苦涩的，我不相信。因为湖里有湟鱼，即使无星无月的夜晚，小湟鱼也自由自在地在水里游荡。

小诗人小卓玛写过一首诗，她说，湟鱼嬉戏的地方水不会是苦的。

现在，小卓玛的诗被秃鹰叼走了，湖水也变得苦涩了。

鱼鸥走了！鲜红的血正从它胸脯的枪眼溢着……

从大山深处来的风，把它身上最后一滴血吹冷。

我们来晚了。

远处有雷声在滚动，但愿它把那些正做噩梦的人惊醒……

1990 年 7 月·青海湖

走昆仑

汽车像一只孤船在青藏线上急驰。

我是为了走向大海来寻找昆仑山的。

时间在这里兀自定格,那么缓慢、绵长。太阳仿佛受了伤,躺在血泊里,有气无力地散着冷冰冰的光热。

进了昆仑,我不知道是怎么出山的;出了昆仑,我还不知道是怎么进的山。

我只记得,从太阳刚跃出沙海一直走到日头偏西,汽车轮子都乏了,仍未停止。司机小姚诡秘地说:还要一个小时才能出山。

我们绕过了一个山头,又回到这个山头上。

路边的里程碑相距得很近,它展示给旅人的里程为什么那样遥远?

车子驶进风火山后,司机才长长地松了口气:走出昆仑山了!

我读出了计程器上的数字:305公里。

漫长的昆仑山腹地!

昆仑山是一片绵亘起伏的丘陵的天空,山峰是不屈者的头颅砌起,山座是山里人用肩膀扛起来的,雪水河好像来自太阳的嘴唇,那么温柔,那么有活力!皑皑雪坡仿佛是大昭寺的地毯,那么纯美,那么冷峻!

只有走在昆仑山中,我才有这样的感觉:

任何一个迟钝的人都会被那整日飞转的车轮旋起新的速度,告别蹒跚的步履,跟着飞轮一起去追赶腾起的希望。

在长长的三百多公里路上,我没有看到一棵树,可是,我强烈地觉得这儿的地内处处都是无形的根源。

昆仑山似乎永远都不动声色,就连它腾起吓人的暴风雪时,仍然显得那样镇静。唯有这样,它才孕育着开拓、博大、富饶……

我是为了走向大海才来寻找昆仑山的。

出了昆仑,我感到我仍然置身在昆仑山中。

走昆仑,使我永远做一个赶山的人!

1990年8月·北京

变异的菊花

这儿盛产风沙、暴雪、奇寒；

这儿的土质粗糙，小草长着刺，树干还不配做一根中国古式的车辕；

这儿的阳光也像冰霜一样冷峻……

海拔五千米的雪线仿佛是地球之外的另一个空间。

这棵菊花，既不成熟，也没谢世，它似乎生长在春的那边，又仿佛生长在冬的这边。它不露笑脸，更不喷香气。

雪线上的菊花不开花。

三年前，战士把它从八百里秦川带到昆仑山，它亭亭玉立在窗台的罐头盒里，勇敢地迎接了缺氧、酷寒的挑战，杆儿硬铮铮，叶儿绿油油，可它就是没有露脸儿，头年没有，第二年，第三年仍然不动声色。

健壮的身体离开斑斓的思想，这不能叫生命的美。

战士们渴盼的眼神都酸了，但没失望。他们知道勇者和弱者都不会永恒，它的花期一定正奔驰在漫漫云路上……

我问养花的战士：同是菊花，为什么它从秦川来到高原就不开花？

战士说：

因为它们不是一棵树上的菊花。

我一直没想明白，树上怎么也结菊花？

其实，这不开花的菊花也艳丽。它的叶子上编织着春夏秋冬，它的年轮里刻凿着冻结的小河、不化的雪山。它站在这儿，就是一种力量。

由于它不开花，这风雪世界仿佛也睁不开眼睛。

也许你的心太热了，外表才这么冷冰。

也许你不必向人倾诉九曲情肠，才以沉默对待这里的月亮、星星，而把自己包裹得这么紧；

也许战士们那沉甸甸的心事，把你压得这样忧郁……

菊花，你已经藏了三年了，难道还要再藏三年？

我听到了你的回答：

我能开花，并准备枯萎。

1990年8月·北京

小树,就是爸爸的坟

三十年前,爸爸在平息西藏叛乱的战斗中献身时,她还没有出生。

暴烈的漠风在昆仑山下周而复始地低吟着缓慢的旋律。她长大了,当兵来到了最远最高的青藏线上。

昆仑沉默,戈壁孤独。爸爸在这冰大坂下悄悄地躺了二十九年,有谁和他为伴?

山,已很遥远。

梦,已很遥远。

第三十个清明,女儿来为他扫墓。可是,坟呢?

漠原一片,到处是陌生的岩石,还有那风干的荆棘。

荡荡的戈壁,连坟包的遗迹也不见,只有燥热的干风把荒原的地皮烤得紫一块、黑一块,飘起到了远方,变成不落雨的云。

一位藏族老人从遥远的记忆之河里找到了女兵爸爸的坟,他踩踩脚下的板结地,大概就在这里,只是坟堆让大风给叼走了!

女兵在这儿栽下了一棵白杨树。

她给荒原这枯黄的编年史添了一笔浓重的色彩。爸爸在女儿栽的树荫下乘凉。

天野渐渐静穆,疲惫的风儿钻进红柳丛中去歇息。晚霞,像太阳血红的翅膀,盖在昆仑的头上……

小树,就是爸爸的坟,不必再去云山迢迢追寻。

她突然感到这沙漠的形象是鲜嫩的。

当然,不仅仅因为有了这棵树,远处的驼峰多像一排站在地平线上茂密的森林!

她听人说过,那年爸爸就是骑在驼峰上倒下去的……

1990 年 9 月·北京

信　徒

在藏北草原的雪路上我认识了他；

在拉萨街头拥挤的人群里我见过他；

在布达拉宫的鎏金廊檐下我随他而行……

呵，虔诚的朝圣者，西藏的条条窄狭而遥远的路上都有他们缓慢移动的、摇着转经筒的身影。穿一样的肉色氆氇藏袍，戴一样的耳坠、手镯，脸上有一样多的皱纹，眉上挂一样深的忧郁。

微闭着双眼，嘴里无休止地默诵着经文，却发不出任何声音，只是悠悠、沉沉地走向无限的遥远……

信徒的心是一片禁地，在转经筒不可知的击撞中，闭锁着生命，萌发出幼芽，心壁也在增厚，变硬……

经筒内装着有数的几页经文，在信徒的眼里那是永生永世也读不完的大书。即使在漆黑的夜里他们也记着必须从左至右地旋转、旋转，转一圈就是念了一次经。

那一只不穿棉袄的赤臂在三九天的冰冷中旋转着，把我的心和身子都旋转得离开了地球。我看见鼓着圆圆肚儿的经筒划出湛蓝的弧形，把他们投在地上的影子划得很远很远，把遥远的地平线划得很近很近。他们的欢乐和惆怅全部凝然不动地停止在这永恒转动着的经筒上。

经筒不漂浮也不沉沦，总是紧紧地拽着朝圣人嘴里喃喃自语的声律，日也摇转，夜也转摇。西藏的路有多长，他们的转经筒就要摇转多久。

也许他们要永远地追求下去，但是仍然失去了最初的信仰……

泪滴打湿了心儿，还得走下去。

寺庙的金砖玉瓦露在树丛中，迎接他们的是一条铺到脚下的鹅卵石大路，仔细看去，信徒才有所悟：那圆圆的石子也有着棱角……

1990年9月·望柳庄

除夕，雪山上一行印戳

唐古拉山顶。标志牌：海拔 5700 米

冬雪压着山巅，寒风漫过谷底。

这儿是世界屋脊，最高最冷，也是最纯最暖的地方。

没有树，没有花，没有飞鸟。

小屋一排，很像安徒生童话里的插图。月月下雪，四季结冰，封山的日子总是那么沉闷、寂寞。

唐古拉兵站驻守着一个班，十个士兵，一只军犬。日子单调得像那不长草的山坡，生活枯燥得连窗棂上都挂满了冰凌。

除夕夜，雪山突然变得欢腾、快乐。

司令员上了山，一个班仿佛成了一个纵队，沉睡的山峰也乐得睁开了睡眼。

三块石头支锅灶，煮着一缕西山不肯坠落的晚霞，还有东山早早喷出的晨曦。手抓羊肉的醇香弥漫在兵站的角角落落。

司令员拉起了手风琴，一曲《深秋思雨》，一曲《黄土高坡》，琴声像剪刀，剪开了夜幕，剪开了雪帐，剪掉冬的尾巴。冰河在颤动，雪山在跳舞。他把天宇拉得绵长、幽远。长空飞过雁阵，溪水欢笑着从山涧流过……

军营生活中，有整齐的方队，也有轻松的舞步；有庄严的口令，也有欢乐的声音……

雪山是一首宁静的诗，兵站的小屋是一支旋转的歌。

三石灶飞腾起更旺的火苗，那是一种最美最美的姿态……

是谁走出小屋，燃响一挂鞭炮，劈劈啪啪，唐古拉山的胸脯，飘满了春风！

午夜，琴声息，热腾腾的饺子正出锅。

司令员捞出两个大水饺，一个留给自己，一个送给新兵小高：别忘了，明天是你的生日，吃了它新的一年你会有新的收获。走，今晚我陪你去巡逻。

一兵一官，一老一少，走出小屋去巡夜。大头皮鞋在雪地上踏出了深深的脚印，那是给祖国报平安的印戳……

1992 年 2 月

雪山汽笛，春的颗粒

　　这是五月的季节。柳絮呢？花香呢？

　　满耳灌着寒风的呼啸。冰封雪裹的青藏高原呀，哪里能拾到绿的温馨？

　　我在昆仑山下的雪原上大步流星地走着，感到很寂寞，心儿也像结了冰。突然，一阵汽笛声随着那冰凌雪渣翻卷的风管扑入我的耳中！

　　热得烫心的汽笛声，嘹亮、悠久，飞向无限飞向高远……

　　是雪水河里的冰块在撞击、在融化吗？

　　是细小如线的水珠在层峦叠起的山野流淌吗？

　　是黄沙在退让时正踩在鼓着柔嫩山坡的脚步声吗……

　　汽笛声溅得积雪飞起！

　　它鼓起了我心头的风帆，给我眼前剪开一扇扇风雪中的彩窗……

　　在昆仑机械厂，一双双岩石般的大手正扭动着火热的零件，组装起了又一台新机器；

　　在察尔汗钾肥厂，那连成片的晶莹的盐池勾勒着柴达木盆地明天的彩霞；

　　在草原毛纺厂，下早班的女工们脱下沉重的工作服，换上绛红色马海毛编织的外套……

　　笛笛笛，笛笛笛！

　　汽笛吼昆仑。

　　希望满雪线。

　　我从雪山隐隐的折皱里，感觉到有一种无法遮掩的迷人的微笑；

我从挂在昆仑之巅那似乎成熟了的太阳，看见她正滴着足以把高原染绿的果汁；我从偶尔打高原蓝天掠过的知更鸟的啼叫里，听见它正衔着很难听懂的却能使人心醉的语言……

汽笛，是高原的嗓音，是春天的颗粒。它把最珍贵的东西播在人们的心灵深处。收获不须等待，汗水是最饱满的果实。

汽笛声声，塑刻着高原上的幸福与欢乐，梦与现实的距离因了这汽笛而缩短。

昆仑在呼喊。

青藏高原在呐喊。

世界屋脊上迟到的春天，正分娩着零下四十摄氏度也无法冻结的新绿……

1992 年 4 月

南八仙,有顶不倒的帐篷

没有墓包,任何标志都没有。在昆仑山与祁连山之间这块显不出奇峰,也不见谷底的蛮荒山野,暴烈的风沙四季不歇地吼着,孤独的星月夜夜散落在山巅。南八仙,你只是一个在地图上找不到的地名,一个被长长岁月埋不掉的故事,一个镀满女性壮烈和忧伤的传说。

世界屋脊上的春天,消失得太快,八个水灵灵的姑娘过早地匆匆失去了开花的年龄和芬芳……

雪山是一座最完美最坚硬的汉白玉,高原风这位能工巧匠凿刻下了八姐妹容得下高原人所有特征的雕像——

那是五十年代初期,八位来自江南的女通讯兵,骑着八匹马,撞进了号称"女人不去的柴达木腹地",蹄声响在戈壁,身影留在冰河。这个连黄羊都很少踏足的缺氧高寒区,因为八个女兵的闯入,飞溅起一片春天的水声。

那不是雪莲开放,一顶行军帐篷在茫茫的荒郊撑起来了。炊烟、笑声、红衫,寂寞的世界里有了一片风景。可是,远远山头上的藏人还来不及细读这些美丽的汉族姑娘,她们已变成秋天一片叶子。

一场暴风雪搅翻了柴达木,飞舞的雪团填满了所有山谷。八个女孩,还有为她们支撑云天的帐篷,从昆仑山中消失了,从她们的恋人、她们的双亲、她们的战友眼中消失了,永远地消失了!

就是这么迅猛,又是这么漫长。青藏高原被这场罕见的暴风雪整整封冻了半个月。雪化冰消后,牧民们发现了八个凝固的生命。同时,也有了这个不朽的地名:南八仙。

她们消失了,然后长久地出现。

那顶帐篷没有倒,它瘦小的身躯挺立在百孔千疮的荒漠里,使人感到它就是攀登世界屋脊的一架天梯。

帐篷,昆仑之脊!帐篷,青藏大堤!

我多次乘车来到南八仙,站在这块被肆虐的风沙扫荡得干渴、贫瘠的荒滩上,我的双脚变得像铅一样沉重,心也在悸动。女人的手臂难道只是温柔的长藤?它同样是驾驶大船的双桨。这里的沙土是热的,石头是热的,冰雪是热的,伸手抓一把空气,你也会有一种炽热的感觉。

八姐妹长眠在青藏高原近四十年了,今天我仍能听见他们轻匀的呼吸声,能看见她们那比霜刃更锋利的信念。

她们静静地隐没在雪峰口了。如是一个晴朗朗的天气,你会看见热血从山峰里沸沸腾腾地奔涌出来,在很远很远的地平线上闪闪烁烁。

有这热血,这样的生命,那昏沉沉的原野还不会醒吗?

1992 年 4 月 16 日

在戈壁

大漠下埋藏着许多故事,绚丽得像梦幻的彩霞。

——题记

大兵的心里同样有一缕纤细的情丝。

那条穿沙漠而过的小路,是岁月锈蚀不了的年轮。

一个班,十个兵。一代又一代,守卫边卡在戈壁。

兵们天天去哨所瞭望,小路尽头的白房子是故乡的眼睛。

这是个男子汉世界。生活里缺少色彩、浪漫,兵们把几百天、几千天的寂寞浓缩在十多平米的小屋,早也思念,晚也思念。雨后的彩虹就是他们绣制的诗情彩线。

日子太单调,他们嚼碎了天边的灰云。

生活却充实,他们从瞭望孔可以看到整个祖国。

要说故事,还数这条戈壁小路。

那不过是一行歪斜的脚印,清晨刚刚嵌镶在沙梁,中午就被风沙埋得无踪无影。

戈壁滩的龙卷风狂得能撼动昆仑。

傍晚,风平浪静,沙海里又露出一行梅花瓣似的脚印。

脚印就是小路,小路上写满忠诚。

走在小路上,战士的身躯替代了被刮倒的白杨树。

那军绿包着的心窝是涨满了感情的湖，风帆既然扬起就不会凋落。

上哨下哨的路上，在沙漠深处的高地，有一座沙坟，里面埋葬着一峰骆驼的白骨和它跋涉的梦。

这只颠不翻的瀚海船，响着悠长的驼铃，在沙海里摇晃了几十年，倒下的那天，胃囊里还盛着清凌凌的水。那是沙漠里的一眼清泉！

驼骨坟，是高高的碑，也是瀚海里的灯塔。

也许因了这座坟，也许因了这终年不休止的风沙，兵们的心脏搏动节奏和呼吸声才扩大了几十倍。

年年月月，日出日落，战士的锦绣年华在风沙中消失，埋不掉的是那炽热的理想。

暴跳狂叫的风沙，你可曾数过，掩埋在沙层下的那一条条小路有多少？那是记载祖国安宁的音符，也是记载士兵忠勇的年轮……

1992年5月5日《中国军转民报》

想 你

河在想你,山在想你。
河想你流成了清瘦清瘦的小溪,山想你疯长起蓬蓬的刺玫。
日也想你,夜也想你。
日想你拽着太阳嫌天长,夜想你凝望月亮怨夜短。
我们要一起采集到一个盛开的日子,把小小的世界装到两颗心里。
水有多长路就有多远,山有多高思念就有多深。太阳和月亮是我追你的两只轮子,在我跑不动时,红柳丛下的戈壁滩就是我们的婚床。

1992 年 6 月 · 潼关

地平线

曾经期待,曾经焦虑,曾经失望。

心儿却始终望着地平线。

在六月飘雪的日子,你从高原旅途中迈着并不轻松的脚步走进我的生活。我酿造并追求了许久的爱情,在这一瞬间突然从你的眼里看到。那是一双能凝聚整个世界的眼睛。

你从遥远来,走过一段很陡的路。可我看到你却很近。

我并不认为从此自己就拥有一切。你只是给了我一双翅膀,我再也不愁飞不到地平线上。

从这个露水打湿昆仑月的夜晚开始,我宣布向着那遥远的曲线飞奔。不是为了采集勿忘我,只因为那里的天空最湛蓝,那里的冰河里没有冬雪,那里有你拴在小草上的一缕阳光!

这个多雨的季节,那里还有一片可以浮起沉船的深湖!

1992年6月·潼关

藏女的手镯

铺满高高低低乱石的戈壁滩,很像被野火烧过的一块死地。它把绿色褪给了雅鲁藏布江边这块牧场,好一片绿地毯,那红的、紫的、白的、黄的色彩是太阳给的。

此刻,寺庙里的钟声渐渐地收起了山野白昼的余晖。

夕阳还有一半泡在江里。

钟声清亮,悠悠。

江面上漂满了金灿灿的像鸡冠花似的水波,那是钟声敲下的夕阳碎片。

江水储满了太阳的热情,草原的胸脯才这么丰满、多情。

牧归。

草滩深处,牧鸭女的手镯在晚照里一闪,一亮,她挥动长杆,把散落在草丛中的鸭群吆进江里。扑腾扑腾,溅起的水珠被晚霞染得溢金流银,多像串在藏女手镯上的彩豆!

夜幕压窄了江面,钟声消失在山谷。江水慢慢变细,载着鸭群进了牧村……

飞溅的水珠儿似乎还留在晚照里,一闪,一亮。

牧鸭女把手镯丢给了雅鲁藏布江。

雅鲁藏布江像历史的手臂,它今晚戴着藏女的手镯,轻轻抚摸着布达拉宫下这块沉重、丰盈的土地。

明月,悄没声儿地爬上了西藏的夜空……

1993 年春·望柳庄

昆仑飞泉

雪水河在这儿立了起来,尽情地往崖头下撞击……

站在飞泉前,我感到整个昆仑山都在颤抖着用低沉雄浑的嗓音吼唱,更强烈的感觉是这些杂乱无章的嗓音无论如何是奏不成完整的曲式。

我的声音被吞没了,连我的躯体也显得很渺小,甚至随时都会在这喧嚣中消失。

也许怕晃乱了心中保持的那块方寸间的绿洲,我离开飞泉,沿谷底而下。这时,躺下来的飞泉变成了一条温温柔柔的小溪,清清的底,浅浅的浪,夜晚肯定可以捞起许多星星、月亮。

此刻,我的心头却涌上一阵莫名其妙的寂寞、孤单,那谷底的尽头仿佛是一座坟墓,我不愿前去,收慢了脚步。

我不贪星月,也不要玉笛,心儿还在飞泉上粘着。

我顿足,回首是留恋那奔涌的崖头吗?

远远地听飞泉的吼唱仍有一种撼山动地的震动,我的心帆鼓满了劲风。我终于悟彻:温温柔柔的声音叠起来,才能凝聚成生命的呐喊;面对大山站着,才能激起久久不衰的回声。

飞泉能击溅起浪花,也能激荡起思想。我真想一辈子都站在它面前,让它把我细弱的声音扩大几倍、几十倍!

1993 年 2 期《解放军文艺》

倒淌河

夕阳缓缓地掉进远远的倒淌河里,像蛋黄儿落了巢。

今夜,我在西进路上借宿倒淌河小店。

文成公主,这是为纪念你的眼泪留下的一条河。

当年。在辚辚的轮声中,在踏踏的蹄声里,绞着你思乡的愁肠。

愁肠并不是悲怨。

青藏大地因了你的这次壮行而变得洁白和纯净。小河也为你西行的勇气所感动,才勇敢地推翻了头顶冻结的严寒,选择了西去的归宿。它带着自己创作的春讯——青海湖畔的柳絮——捎给远方黑色的戈壁石。

当然,倒淌河的最终归宿不是昆仑山或喜马拉雅山,而是大海。

今天,我在向拉萨挺进中,总觉有一种深沉有力的声音在召唤,公主,你的眼泪滚落在高原上,化作了这铿锵的叮咚。

暮色中,两头牦牛顶碎了沉落的夕阳。我站在河边西望昆仑,山影叠叠,流水哗哗。

谁能说最有韧性最有闯劲的活力不是山涧的这流水?

1993 年 2 期《解放军文艺》

沉甸甸的青稞熟了

我初识那曲镇正在那年的深冬。它像一只脱掉羽毛的山鸡,抖抖索索地蜷缩在藏北高原的牦牛群里,连那张被冽风吹皱了的脸都不给我露出。沿街的两排帐房是行乞牧人的家,本来就不宽敞的街道被挤得越发狭窄、昏暗。

乞儿的呻吟是一种比寒风更冷的声音。

那曲镇,尽管它当时是竭尽全力拥抱我,但它那冰凉的背影在我脑海里存放了几十年。

街口,冬天的黑云在天空翻滚,正孕育着带来春讯的雪。

遥远的已经遥远,那个阴霾的日子早就被揭过去了。那曲镇,今天我扑进它的怀抱,觉得满世界都那么豁亮、明快。新屋、新路、新树,还有仿佛镀了釉彩似的牧人的脸上,到处都流淌着阳光的小溪。太阳再不属于头人和贵族私有,它是普天下所有人的光源。

一群穿氆氇藏袍的姑娘,在新长出的一栋二层住宅楼下挥舞着亮亮的镰刀。

田野,沉甸甸的青稞熟透了!

1995年8月·望柳庄

驼铃,沙漠的灵魂

远方的积雪已经流下了热泪,沙漠的残冬还没有褪色。
芨芨草覆盖着的漠原终年都像一片灰黄、恐慌的枯叶。
没有生命的沙漠为什么千年不死万年不灭?
驼铃给它招来了灵魂。

叮当,叮当……
这是心灵内部孤独散步的声音,它将跋涉者的骨头洗浴,把他们的歌声敲得更响。
逝去的铃声不可追回,又有新的铃声传来。
时远时近的铃声一次次被沙浪和热风湮没。因为它不断消失,才显得格外有价值。
铃声拓宽了世界屋脊上的天宇,也拓宽了我的思想。我从楚玛尔河的冰水中,拿出一块绿色的手绢,洗净驼铃声中的沙尘。

1995年8月·藏北

道班房

路在山上。
房在天畔。
人呢?

喜马拉雅山腰,雅鲁藏布江边,拉萨河谷的草原,藏北无人区的荒野……到处都能看到养路工那岩石般的脸膛。

冰道堵车,他们挥锹。
泥路泛浆,他们拿耙;
摘来星星垫路。
撕片白云擦车。
清晨扛着路或桥上工。
傍晚拽一股暴风雪归来。

入夜,檐口亮起一盏灯。
不单是为汽车引路,也给自个壮胆。
远看那灼灼闪烁的灯焰,很像道班房的翅膀。

1995 年 8 月·昆仑山口

兵坟与珠穆朗玛峰

他躺在冈底斯山的那年,这条河断流变成了干沟。

当时,他25岁,驾驶汽车去喜马拉雅山的路上,一场雪崩把他和车一起埋在山中。

战士躺着也是挺立的姿势。

时光又流逝了25年。他安睡在被遗忘的河边,夜夜做着远航的梦。头枕冈底斯山,他总能远远地望见珠穆朗玛峰。

记不得是哪一年,坟头长起了一棵小树。树身弯成弓形,从远看去,恰像连接珠峰的一座小桥。

坟和峰拉起了手,这是高原一幅很美的风景。

其实,更多的时候风景就是一种心情。

珠峰静静地立着。

兵坟永远醒着。

1995年8月·拉萨

嘛呢堆今昔

西藏的路边到处都有耀眼的嘛呢堆——石块垒起的山堆，五彩的经幡在石堆上随风飘响。

这声音传得很远。

嘛呢堆站在历史的深处，千百年来，一次次醒来，一次次死去，它始终是藏家祈求山神护佑、降福的神座。然而，圣洁并不是它唯一的色彩，石堆里曾滋生出流血的故事。

那是我军进藏途中一个冷风瑟瑟的黄昏，躲在石堆后面的匪徒，射出了罪恶的子弹，一位年轻的士兵倒在了血泊中……

站在寺庙门口的老喇嘛目睹了发生的一切。当晚，他披着夜幕把战士的尸体悄悄地掩埋。

新坟旁筑起了一座嘛呢堆，经幡中有一面手绢般大的、鲜艳的八一军旗……

这是一个长满格桑花的地方。

这是一个残缺与永恒并存的地方。

如今，老喇嘛早已下世，每年给嘛呢堆挂军旗的是他的第三代弟子。

1995 年 8 月 21 日 · 望柳庄

藏村的灯

不要以为藏村今夜停电,深山的牧民祖祖辈辈点着酥油灯过夜。

到了午夜这个时辰,连阿爷鼻烟上那一星光亮也睡着了。整个藏北高原黑沉沉的夜幕上,找不到一丝火光的痕迹。

汽车沿着雪水河艰难行驶,我突然觉得河里漂满了酥油灯的遗骸。

蓦地,夜幕上跳出一个亮亮的小孔。灯!

如豆的光粒在远远的地方摇曳,越摇越大,越亮。

手摇发电机的声音……

灯光冰冷、静谧。

这是深渊中一只漆黑的眼睛。

西藏没有睡着。

是谁向这黑夜奉献出了深情?

我会终生记着这粒光明的种子。太阳会被她叫醒。

1995年8月21日·望柳庄

题西藏牦牛

它是一部沉重而悠久的藏家历史。

西藏几千年的进程就写在它的蹄上。

超载的负重使它的步履异常艰难,它不会背叛跋涉。早已模糊的和依然清晰的路都无法计算出它走过的里程。

跟随其后的藏家老牧人手中那永远不停息的转经筒,绝对不会给它漫长的旅途带来欢快。

没有固定的出发地,也无既定的目标。

颈腹下浓密的长毛在寒风中飘飞,又一座雪山被它笨拙的大蹄踩于身后。

山那边却不是它要寻找的草地。

日子是牧人掰着手指消失的,沿途变幻的风景是他们吸着鼻烟换来的。

夏天里也有刺骨的寒风。

严冬里也能遇到开不败的雪莲。

它那沉重的生活每天都在结束,又不知不觉重新开始。

它驮着日出日落,驮着历史驮着未来,一路反刍,一路前行。

当那发亮的双犄从冰大坂上犁出一条道路时,前方出现了一条亮闪闪的小河,河边长满了牧民的毡房。

游牧人总算有了暂时的家,他们可劲地吹起了鹰笛。

它依然没有歇息的意思,仰头望望前程,静静的雪山卧在暮色中,山中颤动着一条小路。

明天,那路会像绊绳一样绕在它的蹄下……

1995年9月·藏北高原

将军与酒

> "青藏公路之父"慕生忠将军,率兵修筑了四千里青藏公路,人称他"酒司令""昆仑酒神",他浑身豪气,一腔爽笑,以至他的粗暴过失,也带着酒的精神。年届八旬的他,每日还照饮不误。老伴出门时,将酒枢加锁,他撬门扭锁拿出来喝。他喝完的酒瓶甩进花坛里,由家人打扫……
>
> ——题记

这四千里青藏公路是他用酒打通。
这重重雪山是他拿酒灌醉。
这道道冰河是他靠酒融解。
酒,给了他生命。青藏公路是他生命的延续。

他以酒的柔情,展示性格的坚毅。
酒使他的额头变得像昆仑山的岩石。
酒使他的双手青筋暴起像一条条山脉。
酒使他的话语烫得像烈火,修路大军中的懦弱者一碰上他的目光就无地自容。
酒使他张开了思想的翅膀。缺水的日子,他的一只行军壶像瀑布一样的倾泻着水源;断粮的时候,他捧出用胸口焐热的冻馒头,强壮了多少部属的筋骨。

90 岁那年,老将军重返昆仑山。他双手掬起昆仑泉里的水,把浑身浇了透,连连感叹,好酒!好酒在昆仑!

他把双手高高举过昆仑山顶……

1995 年 9 月·拉萨

唐　柳

你肯定有一个庞大而顽强的根系，才能让公主不远万里从长安带到这里，落户大昭寺前。你重重叠叠的绿荫蓬勃了千余年。

世界经过多少个冷冻储藏，你都保持着鲜嫩形象走过来了。记不得是哪一个冬天，你终于承受不了观赏者那众多的目光，冬眠后再也没有醒来。

如今，绿叶脱净，你落落大方地裸露着胴体与坚韧，每日依旧迎接着南来北往的瞻仰者。不必害羞，你永远是一杆旗帜。

你的躯干上，有风圈踏过的足痕，有日头吻过的唇印，有晕月流泻的幽香。

那个飘着淅沥微雨的早晨，树疤上悄悄长出了两片黑木耳，它一定在倾听日光城里的什么声音……

唐柳，你有伤口，却看不见血。太阳焊接了你身上的所有裂缝。即使有一天你在春风里化为灰烬，你仍然是完整无缺，有棱有角。

今年冬天拉萨没有落雪，你是否在构想一个新的生命：枯根如何长出新须，干枝怎能冒出嫩芽！

人们在企盼一个奇迹。

1995 年 9 月 · 拉萨

西 藏

  这里的雪路像纸一样薄脆,野羊踩上去也会掉进深渊;气候像北极一样酷寒,连苍鹰的翅膀也能结冰……
  是谁把青稞酒兑成了苦海,使这块高地与死亡连在了一起?
  西藏,有一部醉不倒的强悍民族的历史。
  她腰里挎着藏刀,骑在牦牛背上,古老的铃铛敲醒了雪域冰冷的沉默。

  冬天还在树杈留着残雪,波音七〇七沿着唐代公主凤辇的车辙,已经给中国运来了一个新西藏——
  太阳暖化的金色牧场在冬日依旧发出格格拔节的声响;
  月亮孵出的羊群像偌大的栽绒毯铺盖着拉萨河谷;
  那曲、林芝、日喀则、羊八井……是月光城装扮的一批批出嫁新娘;
  羌塘草原上的格桑花是千万个藏人汉人新结识的姐妹……
  西藏从牦牛背走向广场。

  那个女奴央金的血泪史已经被埋葬在喜马拉雅山下。
  《格萨尔王传》正以各种版本涌向世界各个书店。
  静夜里,雅鲁藏布江呼唤着给自己注入新的动力。
  因为她明白,仅仅靠阳光和空气并不能使这块不朽的高地真正不朽……

1995 年 9 月·拉萨

冈底斯山的黎明

冈底斯山的黎明天空很暗,找不到一丝火光的痕迹。
寂静能把雪山煮沸。

在冈底斯山无所谓有雪无雪,一年中只有一个冬季。
此刻我站在大山深处仰望:
太阳的光芒逐渐吐出地平线的唇边,远方雪山下新堆起的孔繁森的墓,把西藏的黎明变成一页永久的风景。

1995 年 9 月 · 拉萨

车过古寺

云中渗出黄屋脊,像焊在天畔一块纯金的补疤。
世界没有声响。
一只飞过沙漠而来的小鸟,正卧在屋脊安睡。它怎么不往前飞去,那儿也许会有林子。
我停车在河对面,望寺。
隔着深深的断崖。
天空布满跑动的云块。

庙之脊被游云淹泼。鸟飞去。
河边,一喇嘛舀水的身姿像无声的剪影。
他手执铜碗,往背桶里舀着水。一碗又一碗……
为了这一碗碗水,他仿佛动用了自己的一生。
世界不会被他舀干。

返程的路很陡,他一步一移。
背桶是一座山。
手中的转经筒很有节奏地给他传递着力量。
寺庙的门关上了。他一下子跌进一片念经声的深渊……

夕阳迟迟地伸出镀金的手,拍打着古寺刚刚闭紧的大门。
门不开。

我正准备尽情欣赏古寺夕照的风景,太阳已经下山。它消失在夜幕中。

我方知,寺庙的金顶是太阳给的。

我虽然遗憾,也不等到明天了。

明天也许是个落雪的日子。

我仍在望寺。遐想。

有一天,那僧老了,圆寂了,山后冻土层下就是他的极乐世界。

在天堂,他是看不到太阳的,更无所谓金顶。

其实,有些人一生所求的,本来就很可怜。

1995年9月·谷露

日光城

　　我跋涉四千里，来到青藏公路的终点，把一路的雪山、冰河化为太阳之色。

　　世界屋脊上的拉萨，是离太阳最近的城。白的楼房，绿的草坪，黄的经幡，她的颜色真亮。

　　仿佛有数十个太阳在拉萨停留，满城都是长了翅膀的阳光。

　　路边的杨树上结着阳光，河里的冰凌上冻着阳光，山坡的敬老院里晒着阳光，空中飞过的鸟儿衔着阳光，就连街上学步的藏童手里也攥着阳光。

　　这里曾经有过岁月的伤口，已经被阳光一一抚平。

　　拉萨的太阳天天沉落天天腾起，天天死亡天天新生。它每刻的运行路线都与新修的北京路垂直。

　　在拉萨，有两处的阳光最丰盈——

　　太阳仰起头把灿烂贴在布达拉宫的金顶；太阳俯首把温暖大面积泼在大昭寺前每一个摇着转经筒的虔诚者脸上。

1995 年 9 月 · 拉萨

拉萨没有失去声音

布达拉宫对面的山巅四季都有积雪,
拉萨城里全年才有流不完的春水。

冷雨降在七月的黎明,有声有色地洗刷着寂静的街市。
雨丝给古城带来灵感,她终于有了抒情的机会。

幼儿园的娃们将脸贴在玻璃窗上,塌塌鼻子圆眼睛。
一辆汽车穿街过巷而来,轮胎上挂满欢歌笑语。清晰的轮印拽着孩子们望不断的视线。拉萨雨路无泥泞。

青藏、川藏两条公路交会的路口,雨点稠密车辆挤。江苏的大卡,成都的中巴,西安的轿车……司机抹着脸上的雨水汗水,操着各地口音,卸车、装货……
西藏与外界的联系从这里起程,也在这儿落脚。
郊区草滩上,小伙子骑着电驴子追赶失散的羔子。他不是召唤羊儿归圈,而是要它们向山腰没下雨的地方冲锋……
生活就是这样具体,辛勤的人儿任何时候也不会空虚。

到处都有 BP 机在呼叫。
为什么那么多人寻找失去的声音……

1995 年 9 月 · 拉萨兵站

西行之恋

清晨,草滩上的牦牛咀嚼着朝阳。
雪山很亮。我从安多买马出发西行。
少女站在寒风街头为我送行,她的彩裙比帆遥远。
这时,我很少想起最初的星星。也不会折起自己的翅膀。
汽车出城就爬山。
我紧贴着小镇的心开始分离。

车轮碾进藏北高原。
西藏在倒车镜上出现。
一只巨鹰飞翔在蓝空,翅膀扇起的声响从雪水河的浪涡里漩来。
鹰沿着盘山公路斜线上升。
我虽不能与她相依,却能共举雪山的蓝天。不必把月亮驮上山,喜马拉雅山的星星也可以照在她的身上。

踏上雪山之巅,我才发现山湾里有一座喇嘛庙。
鹰已不知去向。
山巅很静。我有一种背井离乡的孤单。
今夜投宿雪山,我知道安多街头有一位少女在寒风里凝望……
我继续西行。
半个月亮从拉萨河谷爬上来……

1995年9月·谷露

对一匹野驴的祭言

很早的时候，就听说过你。那时你是小学课本的插图。

后来，在可可西里草原上见到你。你远远地站在楚玛尔河畔，很像天边的一排剪影。

也许因为没有缰绳约束你，你才像箭镞一样撂开四蹄在无边的草原上撒欢。

快速奔走是你无法结束的旅行。

据说，只有夜深人静的时候，你才从草滩深处走到公路上，闻着那一道又一道汽车的轮印，舔着草尖上汽车兵坐过后留下的汗腥。

你一定是不甘心寂寞，来到这白天喧嚷的路上寻找热闹。

可是，我能知道，你并不羡慕牦牛在藏人的帐篷里嚼草。

从在课本上认识你，到后来成为青藏线上的常客，我就渴盼着能在进藏的路上见到你。

等待了数十个雨季。

熬过了数十个寒冬。

楚玛尔河流过了一座又一座山。

雅鲁藏布江淌过了一条又一条谷。

焦虑成了一支悠悠长长的牧歌，我的苦盼总算到了挂果的季节。

那天傍晚，你带着你的七个儿子，慢慢腾腾地走到我们停车的路上。用嘴蹭蹭汽车的车灯，抬蹄刨刨轮胎的花纹。

直到这时候，我才知道你虽强悍，却很柔情；你有野性，但很善良。

我是第一次在这么近的距离看你。还没看够,你就走了;你平凡的生命,还没来得及抱怨,就猝然结束了自己。

那是不知何处飞来的一颗流弹,在你的颈部留下了一个冒血的弹孔。

这样的弹孔不可能是瞰望风景的窗口,也不会成为给和平充血的眼睛。

它呀,是结束一个无辜生命的血点。

你去了,给我留下了深深的思索……

生活中处处都有罪恶的射手。

征途上时时可见无故的死亡。

1995年9月·可可西里草原

昆仑月

上下昆仑山的路上没有兵站。

在这漫天飞雪的深夜,甚至连电话线以及比电话线更细的小路,也被大雪切断。

怪?一轮月亮挂在山巅。

圆月浓缩成一块瓷实的蛋黄,静悄悄地在山中移动,很像提在昆仑老人手中的一盏灯。

一辆兵车在爬行。

世间所有的声音此刻都变成车轮碾在冰雪上的吱吱声。

路立起来了。

盘山路上,月亮跟着汽车旋转,它拆散了夜的骨骼,照出一条清醒的小路。

山巅。小憩。

月亮变成了汽车的后尾灯……

漫漫昆仑路,因了她而缩短。

今夜天黑,路黑,山黑,这灯把夜钻了多少窟窿……

1995 年 9 月·昆仑山

五道梁的童话路程

> 不冻泉得了病　五道梁要了命
> ——高原谣

这里：阳光穿不透冰河，月亮砌在雪墙里。
山色四季都陡峭。
风的高度无法测量。
兵站的烟囱是冰块垒成。

五道梁的路边竖立着一根奇异的杆，挑着冽冽西风写下的死亡数字。
坡上年年都有新坟崛起。
卷来一道沙，飞来一层雪，坟堆被掩埋，成为永冻层下的风景线。
春天与五道梁隔着一个童话的路程。

这里绝不是一块死去的土地，因为生活着一批军人。
他在穿过死亡线走在鲜花铺地的路上时，才会明白，其实缺氧也是一种极大的充实和满足。

1995 年 9 月·五道梁

雪原白杨树

当这片绿荫真的出现在当雄兵站的院里时，许多人以为是幻景而不敢走近。

整个藏北高原也许就这一棵树。

它很孤独，却不寂寞，那并不庞大的根系正孕育着一个蓬勃的春天。

暴风雪扫荡多少次，它的年轮就刻下多少圈经历；贫瘠的冻土亏待了它多少年，它生命的旅途上就有多少年的辉煌。

每年入冬，寒风都要揭下它的绿衣，浑身变得秃光。人们担心它长眠后再也睁不开眼睛，可是来年它总会出人意料地伸出绿色手掌，与狂躁的风沙相握。

有个故事在西藏流传——八十年代初，天府盆地来的一个士兵把带上高原的白杨树栽在藏北。小树出奇地活了，士兵在服役的第三个年头却因高山缺氧倒了下去。

战友们把他掩埋在白杨树旁。

白杨树也就成了他的墓碑。

冬雪覆盖着藏北高原。

我来瞻仰士兵的墓碑。

守墓的藏族老人把珍藏多年的一片杨树叶子送给我。他说：过去的岁月并不遥远。

我带着叶子回到京城,肩也沉沉,心也沉沉。我知道,在时间的"黑匣子"里,这叶子的价值会变得比黄金还珍贵。

1995年9月·当雄

雪,太阳的珍珠

现在正是盛夏。
最需要雨水的时候,青藏高原飘起了雪花。
阳光抚摸着雪片。雪把夏天的门闩住。
不必惧怕阳光,雪本来就是水。

昆仑山落雪,唐古拉山降雨。
完整的季节被掰成了两半。
这一半缺少风吹雪打,那一半多了严寒冰霜。
生活在高原日子最富足。

雪是太阳的珍珠;
太阳是雪的亲娘。
只要太阳不死,雪永远会有旺盛的生命。

拉萨河里,一位藏族阿妈披着落雪的寂寞凿冰取水。
西藏正解剖自己,雪水温湿了阿妈的藏靴……

1995 年 9 月・拉萨

雪线温泉

从不拒绝大雪也不迷恋春天。
它就是相信自己。
终年里不分昼夜,亮在大自然景观的深处,搏动着生命的呼吸。

昆仑拿起风的扫帚掩埋了世界屋脊上所有的日历,唯留下了它和它的故事。
有时,它的声音很微弱,但那不是寂寞的哭泣;有时它的声音很暴烈,那也不是抗议。
它不会歌唱,只是一生相守着永远不息的河流。
嫉妒与世俗的洪水总想把它湮没。
它从不流下忏悔的泪。

它的腹腔储存着太多的热情,总是这样嘱咐从它身边走过的每个人:冬天不是太冷,你该上山仍可上山,你该写诗还是写诗。千万别站在我身边,成为一个看风景的人。
这时,它怀中的月儿颤动不已。

它也有过抱怨,抱怨冬天里还有人把冰块填进它的腹腔;它也有过痛苦,痛苦鸟儿从它身边衔一枝绿草,扔在了沙漠里。
只是它把这些抱怨和痛苦深埋在热流之下的永冻层里,让它随着暗河悄然化解。

有一天，它衰老了，成了一片干涸的遗址。它也许会变作一座老屋留在荒原上。那时它仍然会把往日多彩的梦贴在窗户上……

谁也不曾记得，从昆仑山口到喜马拉雅山中，有多少这样的温泉。

人们只是清楚，几乎每个有温泉的雪山下，都毫不例外的坐落着一个兵站……

1995 年 9 月·拉萨

楚玛尔河的黎明

驼铃敲响西天月。
驼蹄踏醒楚玛尔河又一个酣睡的黎明。
赶驼人乘着河面透出的微微曙色,从源头踏上通往西藏的路。
河岸弯弯曲曲的路上,蠕动着黑压压、毛茸茸的肉浪。
山动。月移。铃声远……

山路如梯竖立眼前。
赶驼的尕娃子①亮开尖嗓漫起花儿②,把陡路拉平。

驼队拥着黎明的微曦走在山脊上。
驼峰上满载青稞酒、腊羊肉、坨坨茶、鲜奶子……藏北高原的牧村是卸货地。
铃声留在远处的河涛上。
藏圈的牧人在睡梦中品尝着温绵的蹄声。
从西宁到拉萨,驼队将踩落30次日落,迎来30个黎明。
骆驼和主人瘦掉的膘,漂在楚玛尔河的旋涡里……

驼队,远去的云;

---

①尕娃子,即小伙子。
②花儿,西北高原群众喜爱的民歌。

驼铃,不散的歌。
印着蹄花的楚玛尔河畔,大片大片的枯枝萌发新芽!
……

1959 年得诗于长江源头
1995 年 9 月·楚玛尔河

关于一张脸盘的描写

我走了西藏的许多地方，回到京城清理雪域之行的收获，唯那一张根雕似的脸盘留给我的印象最结实。

酥油灯的光焰给它犁下了密密的沟壑。

季节河爬过给它镀上了冷静的冰层。

在这张脸盘上，激流变成了暗河，涛声化作了沉默。

日子在沉默里最丰满。

这张脸盘的皱纹，既深且浅，在西藏随处可见——

吆喝着牦牛队游牧的跋涉人，面对他那流线型的额头，即使利刀也要失去锋芒；

站在山崖上菊花般双手按着鹰笛轻吹的藏族少女，那一双嵌在紫糖色脸上的眸子，肯定储进了纳木错湖的清波；

匍匐在大昭寺前虔诚地磕长头的老阿妈，那满脸坚硬的风景，提醒每个人经历多少磨难也不要动摇自己的信仰……

大自然的能工巧匠赠给了每个藏家人这样一副坚毅而美丽的脸盘。

西部高原没有雕像。

这张脸盘是河流密集的源头。

这张脸盘是雪峰耸立的山林。

它凝聚着喜马拉雅山的苍蓝。

收藏着雅鲁藏布江的青绿。

熔印着戈壁滩迁移的旋涡。

它的每条纹路都律动着力与光的波浪。

那天,我路过唐古拉山,遇到淘金人挖出一块古代飞鸟的化石。

我突发奇想,如果给这化石以温度,它定能为那张脸盘孵出一双远飞的翅膀……

1995 年 10 月·西藏

雪 声

屋前屋后满是雪,山山岭岭皆变白。
没有了路,天显得更遥远。

多雪的冬天,青藏高原并不缺少暖意。
阳光抬着雪花旋转,满世界都爆响着"咯吱咯吱"踩雪的声音——

这是煮沸酥油茶的声音。
这是小草拱动冻土的声音。
这是斑头雁舒展翅膀的声音。
这是鱼在冰河里鼓腮的声音。
这是冬夜引擎启动的声音……

人心在急急地燃烧。
显然去年那场雪掩埋的东西,今天仍未露出地面,人们还是要说:
太阳的能力赛过寒冷……

1995 年 10 月·那曲

雪山小鸟

是刚从远山飞来,还是准备远行?
它孤独地站在雪坡上,安详地啄着带血的羽毛。
不时地仰头望望山巅,前方的路程显然对它有一种召唤的诱惑。
拉骆驼的牧人走上了它的脊背。

我叫不上这小鸟的名字,它的家肯定不在雪山。
它以瘦小的翅膀为犁,切开板结的云层和陌路的雪雾,来到这根本不是鸟们天下的世界,是寻找丢失的儿孙,还是开辟家园?
雪山洼处,有一片明媚的阳光。

它终于从雪山腾飞而起,箭镞般地钻上了蓝天。它的翅膀渐渐扩张成遮天的乌云。
也许它不是飞向家乡,却越飞离太阳越近。阳光会抚平它的伤痕。
望着无名鸟远去的影子,一股无法抗拒的力量涌在我的心头。
我拣起了落在雪地上的那根带血的羽毛……

1995 年 10 月 · 唐古拉山

藏族阿妈是一道风景

中国的雨,都落到哪儿去了?
高原的河,为什么没有一条流到这里?
云干。路干。风干。连戴在山顶的雪帽也拧不出水分。
阿妈背着水桶走在戈壁滩上。
她走过无雪的冬天,又来到少雨的夏季。
留在她身后的脚印像一片片枯叶。

缺水的日子,人们盼云彩;
云彩被水淹没的时候,人们怕涝。
她只有一个心愿:尽快走出无人区。只要看到人,还愁没有水?
远处,浓云扩大着边缘。雷声从地平线上滚过。
她不希望把那云彩和雷声装进桶中。
因为阿妈知道:世间总有不落雨的云;光打雷不下雨的事也经常发生。
阿妈背着水桶朝前走着。
桶是空的,脚步却很沉重。
戈壁上空都是过路的云,她不指望它们降雨。她只想快点走出无人区,那里有一条常年流不断的河。

大戈壁中深藏着并不抽象的风景⋯⋯
背着桶找水的阿妈不希望云彩和雷声落进她的桶中⋯⋯

1995年10月 · 柴达木

西藏的雪

不是所有的雪都终年不化。
你真的在盛夏都染白了喇嘛庙前后的山巅。
是你给了雪莲足够的越冬养分。

我读雪,心页上流过割切永冻层的冬风,把踩过的冰霜还原成春水的原色。
于是,雪原长满了歌声。
歌声唱远了地平线,唱矮了珠穆朗玛峰,歌声召回高原所有的湖泊。
牧羊女闭着双眼都能看见照亮荒原的雪。

西藏的雪,你太冷峻,又极为温柔。这样最适于做我的情人。在想念她的日子里,我像太阳一样去吻雪的面颊。她没有化,我也没有醉。
春风吹到世界屋脊的第一个夜晚,西藏到处都响着雪的呐喊。
当她融净以后,我从草叶的露珠上,看到了雪的灵魂。

1995 年 10 月 · 不冻泉

夜的拉萨河

太阳收尽了最后的一缕光亮，瞬间，拉萨的喧嚣逃出市区，悄悄地化作了拉萨河里细柔的水波。

全城变得沁凉宁谧，静得能听到地层深处传来的远海涛声。

唯布达拉宫的灯光在布满星花的夜空里闪烁。

拉萨河舒展双臂和腿，躺在峡谷里，尽情地让印度洋吹来的海风抚摸。月亮是抱在她怀里的手鼓，无声地水花是她弹出的音符。

偶有雪豹来饮水，水声轻得像落叶。

没有音乐的生活是伪造的生活。

有人未眠……

一位喇嘛夜事完毕，从寺庙里出来，站在桥上，尽兴地吹起了鹰笛。歌声从笛孔自由飞出，曲曲折折，响成悠远的回声。

笛声中，一辆汽车贴着拉萨河飞行，它却追不上吹笛人心中的激情……

1995 年 10 月·昆仑山

藏家少女

太阳的沸水泡着盛夏。

所有的砂粒都在冒烟,所有的歌声都变得干涩,连鹰投在地上的影子也是干的。

戴着遮阳帽的藏家少女走过夏季,站在公路的拐弯处。左手提水壶,右手端茶碗,甜甜润润地重复着一句话:

"过路的叔叔阿姨们,请喝藏家一碗水!"

天下的干渴都被她收进壶里。她用清凉的风洗着世界。

姑娘身后站着拉水的骆驼,蓝蓝的天幕映着驼峰立体的美感。

藏家女,戈壁滩上的一朵落雨的云。

1995 年 10 月·昆仑山

漠原小树

孤独写在不尽的沙粒上。

宏愿刻在退尽云彩的蓝天。

年年月月,它不挪脚步地站在原处;但它确确实实每刻都前进在跋涉的路上。

它的生命在寂寞中澎湃。

也许是骆驼的一泡粪便为它储备了半年的肥料;

说不定某个旅人的一次小解缓解了它的干渴之苦;

很可能是藏族少女不经意垒起的那堆石块,为过路的鸟儿提供了歇脚处,它才在偶尔能听到一两声清亮的啁啾。

它很贫瘠,却又富有。拥抱着广袤无际的沙漠,还有为沙漠做伴的大山。

风沙来了,它总是不例外地被埋进沙层;风沙过后,它抖抖双肩,又站立在沙原之上。

正因为它活得艰难,生命才有了无法估量的价值。

从来都不流泪,因为它太珍惜每一滴水。

夜夜都守着一个甜梦,它就不会失去明天的太阳。

我记住了这棵小树以后,总有这样一个感觉:这个世界永远也不会老去……

1995 年 10 月·西藏

挂在帐篷顶的皮袄

游牧人的帐篷撑在征途上。

那一年的那一夜,帐篷里酥油灯的弱光摇摇晃晃地闪了几下,灭了。

阿爷手里攥着转经筒死了。

草原一片漆黑。

阿爸没留意,一伸手打碎了酥油灯……

阿爷留下的唯一家产是一件皮袄,它穿在了阿爸身上。

不能说那是沉重的枷锁,阿爸用它毕竟遮挡了30年风雪雨霜。

每到产羔季节,阿爸都要用皮袄撑起一间小暖房,让羔子们卧进去。

阿爷去后30年的一个夜晚。

帐篷外,天空中的那把银镰,割尽了浓浓的夜色。

帐篷里,电灯通亮。

阿爸去世时脸上留着安详的笑容,同时也定格了一个耐人琢磨的姿势:

他一手抱着那件三代牧人穿过的皮袄,一手伸长指着帐篷顶……

从天窗可以看到,沉重的经幡在夜风里处在飞翔的状态。

也许儿子多吉最能读懂阿爸那形象的遗嘱,他取下了经幡,把那件皮袄挂在了帐篷顶。

一件皮袄是一部游牧家族的野史，浸透了一个世纪来三代人的喘息、辛酸。

　　今天，它挂在这顶烟熏火燎、驳落发皱的帐篷上，绝不会给它增添动人的色彩；但是，它在一些人的灵魂走向死亡的时候，让它们靠近了生命。

　　一顶帐篷挂着一件皮袄。

　　黄昏里，它无比庄严。

　　晨曦里，它庄严无比。

　　因为那是一部沉重的家史……

1995 年 10 月·拉萨

雕　像

——高原女兵素描

在靠近云彩的地方。
有一颗亮丽的星。
女兵轻敏地盘腿坐在电杆顶端，拧紧着太阳与月亮结合处的螺钉。
山雾半遮半掩着她的军装。
一片柔柔的阳光搭在她的眉毛上。

在没有格桑花的高空，越来越低的云是天空唯一的脊梁。
女兵的脚步融入了鹰翅的力量。
她才能与鹰一起飞翔。
她维护着北京至拉萨间的国防线路。
无际的天空有她畅通无阻的大道。
云端上定格着一尊登攀者的塑像。

故障排除。
她呼叫北京的声音变得那么芳香。
山雾退尽。
露出了军装，露出了军帽上闪闪亮亮的红星，还有她与电杆相依的合影。
也许只有这时候，人们才更明白，如果她不紧紧地靠在电杆上，就不会成为勇敢而光彩的塑像！

1995 年 10 月·唐古拉山

女兵祭

在这陌生的旅途上,与你相逢,我感到格外亲切。

藏北高原被圣洁的冬雪覆盖着,满目的宁静延伸到荒原之极,你安魂的这座朴素的土丘是宁静的中心。

风儿带着哨音寻找着一个遥远的故事。

你把自己沉入泥土已经十余年,触摸你的脉搏、血管,还在微微颤动。

因了你的长驻,这片无人烟的山野一直醒着。

你每天都沐浴着阳光,同时也承受风雪飞沙的袭击。土丘矮了没人添高,青草枯了却能萌发新的生命。

你把热血给了另一代人,骨骸矗立成一座丰碑。

你炯炯的目光始终没有熄灭。

一个冬日的午后,一位白发老妪来到你坟前长跪不起。她是哪个,无人晓得;来自何处,谁也不知。唯你清楚她是当年和你一起进军西藏的战友,后来成为江南某市的书记,头年退休下岗,特地从遥远的湘西赶来与你相会。

她老了;你却依然活着,还是当年那个年轻的18岁。

在你的坟头找不到死亡。

1995年10月·西藏那曲

对一台军车残骸的沉思

　　它躺进公路下的荒沟多少年了？
　　车牌、车楼和车梆已经烂掉，唯被岁月锈死了的四只车轮依旧裸露着不甘消失的骨骸。轮毂上两对网眼像张开的寂静的嘴，忍不住要向人们诉说什么。
　　阳光垂直地落在它的锈迹上，竟然没有半点亮色。
　　月光从大灯的破壳里溢出了颤栗的黑波。
　　时间在那挤扁的方向盘上凝固了……

　　如果不是青藏线上那一队队军车仍在云遮雾罩的山间穿行，人们也许会怀疑这辆被山风遗忘的军车也曾有过辉煌的里程。
　　当年，一个士兵驾驶着从淮海战场缴获的美军卡车，满载温暖和光明，奔向喜马拉雅山下。
　　深夜，车灯划破藏北高原没有星月的夜幕，像一束冲破囚禁的春色，射向拉萨河谷。车过头人的溪卡，突然飞来一颗罪恶的子弹……
　　它就是这样失去了太阳和土地。
　　那台车从这里消失，一条路却从这里开始。
　　死亡是对生者的轻蔑。
　　士兵的灵魂被山风衔着飞上了珠穆朗玛峰。
　　车灯和车笛化作了斑戈湖的光波。
　　躺在山沟的军车并不是噩梦的残片，多少年来，它安安稳稳地却不曾睡着。

有一天，人们从军车下面的冻土里，费了好大劲挖出了一棵雪松，它从车体的残缝里挤出了一丛丛嫩黄嫩黄的鲜芽……

1995 年 10 月·那曲

小镇黎明的翅膀

雪夜，汽车驶进黑河镇。

梦一样的雪雾紧紧抓住黎明的翅膀，把小镇与群山缝合得无一隙光亮。

不闻犬声，唯大雪响彻骨肉。

车轮的痕迹没有碾破街心的冰坑。

小镇一隅，小酒店的灯半昏半暗，喝得烂醉的司机伏在方向盘上瘫睡。天旋地转。

城外有一条小河，它从遥远走来，又向深山流去。

汽车正吃力地爬山，雪赤着脚在挡风玻璃上踏着。

小河驮着沉重的冬雪粘在轮胎上。

爬上山顶后我要擦掉玻璃上的寒冷……

1995 年 10 月·那曲镇

生命，在沙漠深处

云像干涩的抹桌布。
汽车如黑甲虫在戈壁滩蠕动。
谁说梦幻比现实遥远？
地平线上出现了一片新大陆：亮闪闪的水泽，高耸的楼房，跋涉的骆驼，还有水鸭，牦牛，猞猁……
秋天留下的短句。

汽车驶进沙漠深处。
一片空寂；空寂一片。
所有虚假的景物全部倒塌、飘走，剩下的只是颤栗的沙漠。
海市蜃楼，无根、无叶，一阵漠风就会卷得无踪无影。
唯有一棵胡杨铁铸般挺立眼前，灰黄的叶含一缕浅笑，粗陋的枝扛一肩风沙。
它是这里永恒的主人。
在戈壁，生命是最真实的风景。

1995年10月·柴达木

戈壁印象

太阳喷火。
戈壁滩在砂粒上鲜艳地闪亮。
骆驼草干死了。
汽车"开锅",冒烟。停驶。
一男一女两乘客,撑开花伞,沙滩上渗出了一圈荫凉,他俩偎依在一起抵消着旅途的疲劳、干渴。
两人的手伸进了戈壁泉里,春,叫他们拽出来了。盛夏渐渐变瘦……
一车的旅客都用饱满的目光打量着戈壁滩上这独特的风景。
天上飘来一朵凝固的云,拧下一场雨。
汽车又开始行进。
车轮在湿漉漉的沙地上碾出一句悄悄话:
爱情的花朵绝对能在戈壁滩成活!

1995 年 10 月 · 五道梁

境 界

香火浓烟熏干了大昭寺前的白杨,几枝枯干在斜风里轻晃。

空气很涩。

善男信女们紧闭双眼,默诵着只有自己能听懂能听见的经调。没有开头也没有结尾,不觉得新鲜也绝对不会腻烦。围观的人很多,越来越多。他们依然在平静地倾诉,吸收……

也许不喜欢阳光,他们才把自己与世隔绝;只要不睁开眼睛,就能把白天变成黑夜。

从清晨到黄昏,朝圣者总是在唱着同一支低沉的歌。也许为了后人不再唱它,他们才如此执着。

大昭寺的夜无比神秘,月儿像一块剩下来的风干了的蛋黄贴在西天上,布达拉宫顶有一颗饥饿的星星。朝圣者,为什么独你苦苦不眠?

他们明白,留下来是遗憾,走掉了也是遗憾。

等他们睁开眼,已经满头白发……

1995 年 10 月·西宁

汽车兵

早别祁连

夜宿昆仑

崇山峻岭飞车过

千里路程一日还

每天清早一醒来就睁大眼睛

那饱满的目光

填平了轮下多少坎坷

触摸过征途多少雪山

最冷的日子连阳光都冻得结了冰

有一盏车灯就有一个温暖的故事

山这边车笛山那边响

把岁月推远把季节叫暖

西行，西行，再西行

越走离亲人越远

却永远不失去太阳

喜马拉雅山下也会升起故乡的炊烟

1995 年 10 月·格尔木汽车团

哨兵,在八廓街口

几颗星星躲在夜幕的边缘,给拉萨的夜衬托出一幅深远而宁静的背景。

拉萨河的涛声在夜里格外震耳。

站在八廓街口巡夜的哨兵,把目光凝向雅鲁藏布江的源头。他,脚步很轻,很轻;肩头很沉,很沉。踏着拉萨河流水的韵律,他深情地拍着城市入睡。

走过林卡,走过桥头,走过寺院……山坡藏村里有间帐房的窗子开着,他停步静望许久,恨不能双手变成一阵风将窗户关闭。

像无声的江面蕴含着拍天的骇浪,像沉默的雪山积聚着暴烈的雪崩,他要用忠勇和多情平安地把一轮红日牵上世界屋脊。

为捍卫古城的威严他曾经用钢枪和刺刀发过怒,今天才格外珍惜这和平的夜色。

月亮剩下了一根细细的弧线,天畔的星星渐渐消失在刺刀尖。他笑微微地走下哨位,来到拉萨河边,掬起一捧水,卸下一夜的疲劳和饥渴……

1995 年 11 月·望柳庄

布达拉宫

系在布达拉宫金顶上的一弯月牙,把珠穆朗玛峰的圣雪勾进了拉萨河里。

我踏着月的乳汁,来到布达拉宫下,时间就此打住。只听见大昭寺前的转经筒在悄然转动。

布达拉宫,梦里看你更觉你美。

你站在历史的深处,总是那么宁静,亭亭玉立的真身不动声色地裸露在世界屋脊上,已经一千三百多年了。

你身上的那些厚重而坚实的彩砖,经过了朝朝代代的雨洗雪冻,经过了世代众多观仰者的目光擦拭,还有炮火的袭击,居然还放着亮光,甚至完整无损。

看见你,我看到了历史的阵容;走在你怀里那长长的阶梯上,我触摸到了历史的动人时刻。

你是一座凝固的画卷,也是一个深沉的思想库。

那年,整个西藏在枪声中旋转,你那一座座涂着色彩的殿堂跟着颤抖。拉萨河紧紧地锁起了眉头,看着月亮从你的金顶沉落。

当时,我是古城的一个哨兵,看到疲惫的夜空露出一抹淡红,那很可能是你露出的伤痕。

先祖把你修盖在陡坡上,就是让人们仰望。通往你辉煌金顶的路即使晴天也是弯曲而泥泞。多少信徒喘得一步一歇,也要坚持把你攀登!

1995 年 12 月·望柳庄

我淌过拉萨河

夏天，我淌过拉萨河。
我怀着对明天的美好憧憬，找到了现代的古老。
一座小木桥晃晃悠悠压成了弓。
阳光泼洒在河面上，我感到河与桥都系在云上。
于是，没有了方向。我双脚失控，在天地间飞翔。
需要撑竿。

冬天，我淌过拉萨河。
多少故事和向往被一场倾天而降的大雪漂远。
新建的水泥大桥连起了西藏的所有江河。
比时间更深的是我心中的隧道，它穿过漫长的冬季之河，一直通向珠穆朗玛峰。
雪用它美丽的外形虚构了天地间的一切。但是，不是所有的雪都是一种颜色。拉萨河里的冰块奏出了激昂的旋律，我在音乐声中轻巧地过河。

1996年7月·拉萨

雪　梦

不是冰，雪花满天飞。

雪落得很轻很轻，一阵阵微揉的冰凉抚摸，很容易使人想到远方的亲人。

夜。无声。

不是暴雪的雪悄悄来拜访藏北，我客居兵站的小屋，有幸来欣赏这高原六月雪景。

我看不到她，她也看不到我。

雪雾是最穿不透的墙。

雪夜长，好梦也长。

我们相握的手还没抽回，已经在寒风中结冰。

梦醒。停电。我找不到火柴。

雪很亮，很亮，她就是我的灯。

我看见，雪原上有一匹美丽的红马……

雪夜，藏北行进在马背上……

1996年7月·拉萨

雪崖上,小鸟唱着悲歌

雪后,空气干冷,公路成了冰条。
雪崖上,站着一只无名小鸟,叽叽喳喳地唱着凄凉的歌。
它不能飞,也不能走,鲜血从翅膀上流着……

不见伙伴安慰它,也无人去救它。
整个雪山都被它的哭泣染得很伤心。
击伤它的那块石头已经滚到山下,冻成了冰块。
它的哭诉说给谁听?

雪山人烟稀少,鸟儿更罕见。
是谁投出了这罪恶的石块?
小鸟从早到晚地哭叫着,那是它和雪山对话:我被击伤了,这也是你的悲伤。

深夜,雪山突然变得空旷寂静。
次日清晨,有人看到雪崖上站着一只石雕的白色小鸟……

1996 年 7 月・唐古拉山

雪山哨所

雪峰沉默。
冰川无语。
一朵雪莲在山巅悄然怒放。
一只黄羊无声地走过崖畔。

这里本是离战争最近的地方,没想到它是如此宁静。
宁静?
子弹没有打盹,在枪膛里积蓄着力量;
瞭望孔不是为了望月,黑洞洞的枪口随时会喷出愤怒的火焰。
一本打开的《孙子兵法》正睁着眼睛伴随哨兵……
和平的哨所,与战争对峙。

1996 年 7 月・拉萨

野 趣

风中一根弦，小路颤悠悠。
不知它来自何处，又伸向哪里？
大自然造化了无人区的一切。

黄羊、野驴、藏狐、野牛、白唇鹿……它们耐不得寂寞，走出深山，站在离公路远远的地方，"参观"南来北往的汽车——
刚送走奔向边防的军车，又迎来开往西宁的车队……

突然，炸响一串车笛，这些"参观者"受惊扬蹄窜进了深山。
深山是它们的乐园，也是它们的天堂。一片白花花的水域静卧在山间：数不清的水鸟漂在水面，望不到边的鸟蛋铺满湖滩……
无人区才是真正未曾污染的圣地！

1996年7月·藏北

谷露废墟

白墙红瓦的兵屋呢？
斑驳锈蚀的寺庙呢？

岁月的扫把将当年的世界模糊得面目全非。
兵站消失了。
喇嘛脱下袈裟走了。
一切都已经发生，又仿佛一切正在发生。

三十年创造了一个废墟，历史老人前进的步伐之快真够惊人。
昨天的故事离我们那么遥远，山坡的经幡也变得干瘪。
废墟不是伤口。
多望一眼人间的风景，哪怕是倒坍的陋屋，也能使人放远视线。
废墟的门虚掩着，我没有进去。
我只摸了摸岁月的胡须，一根枯草成了夹在我书页中珍贵的标本。

1996 年 7 月赴藏途中

永远的姿势

公路伸向天边。天空阔远。
冈底斯山之巅凸起一堆土丘,不知埋的何人。
墓碑倒在折断了骨头的骆驼草里,碑文早已被岁月洗掉。

一位很老很老的牧人说,当年进藏路上,一辆军车的司机被叛匪的黑枪射中,倒在了这里。
死时,他仍然脚踩油门,手握方向盘……
时间把这个姿势定格了多少年!

世界屋脊上的小坟旁永远站着一个坚强的战士。
墓碑即使倒下,它也是冈底斯山的山巅。

1996 年 7 月·藏北

没有一棵树的城市

不长一棵树

洞穴变鸟巢

——黑河谣

因为没有一棵树,小城变得寡言少语。
藏人住在山坡,小店依山而建。
天上的云挤去了水分,来往的风绝无雨滴。
地上都有草,城外也有河。
那河叫怒江,河床很高,远看好像高过了蓝天。

这个城市没有一棵树。
穿街而过的土路被汽车碾下了条条深槽,日头晒皱了屋顶的每片经幡。
白底黑字的草原小学的校牌格外鲜嫩,穿着各色藏袍的艺术团的演员走出了多彩的生活。

这个城市没有一棵树。
阿爸脸上的皱纹像树根一样坚硬,从唐古拉山下来的汽车轮胎沾满干燥的沙碛。
新近傍山而起的藏式楼房是城市的立体风景。

消失在藏村里作家的背影告诉人们，他把诗集藏在用荆棘骆驼刺下面，出版时间推迟到了2000年的新春……

1996年7月23日·那曲

受伤的可可西里草原

黄昏。
薄雾笼罩着雪山,弯曲的月儿淡淡地挂在昆仑山的垭口。
八匹野驴横排着队从深山走出,悠闲自得,踏着随心的节拍漫游。

几声枪鸣击碎了可可西里草原的寂静,撞落了雪峰上柔美的夕阳。
枪声在无际的天空划出一片空白。
一匹野驴倒在秃光光的草滩。

七匹野驴慌窜而逃,惨叫声撒了一地……

楚玛尔河越流越瘦。
雪山捂着伤口发抖。
总有一天地球在枪声中停止了旋转。那时,人与野驴将一起死去。

1996 年 7 月 24 日·楚玛尔河

唐古拉山口的兵雕

你是什么时候顶着风雪，踏过冰川来到这座山口？

没有盘腿而坐，也没有止步小憩，而是一副行进的姿势。

多少年了，你永远是这副上山的姿势。你用你就要出唇的一支歌作火种，点燃了对山人的许多珍贵记忆。

无论冬夜还是夏日，你就这么静静地走在山口。不是佛，是一尊磐石。

看不到陪你的伙伴，你却不孤单。

听不见唤你回家的呼叫，只闻你双脚在世界屋脊敲出人间圆浑的钟声。

山下的沱沱河，是你手中的鞭，你用它赶月追日，用它搏动大山的脉搏。

你就是这么走在唐古拉山巅。

在暴风中歌唱暴风。

在狂雪中歌唱狂雪。

你的胸膛是一面战旗，你的嗓门是一把军号。

山睡着了，你醒着。

河断流了，你走着。

云飞走了，你面前呈现出一个更加宽广高朗的明天。

我看见了，暴风雪把你的脚印挂在了云端，太阳给它涂上了七彩的光环……

1996 年 7 月 24 日·唐古拉山中

拉萨西郊有一间小屋

我记住小屋,是因为那个夜晚拉萨上空不见一颗星宿,只有圆圆的月亮。

不是帐房,更不是小楼,它只是砌在心上的一间小屋。飘雪时是暖炉,盛暑天是凉亭。

那个夜晚,我们轻易地丢失了季节和年龄,一步跨过唐古拉山的雪线,走进了心里的春天;

那个夜晚,我把家从山下搬到了山上,抵达曾经瞭望的地方。那是我们共同的河流,也是我们共同的山脉;

那个夜晚,全世界只剩下昆仑山的一对雪峰和拉萨河里的波声。

半夜,我准备关上门窗。

大雪正漫过屋顶。

这时,天幕上渗出了密密的星星。

我说:那是彩虹的记忆。

你说:那是顶凌的种子。

小屋的门,那夜一直洞开。

我向深山走去。

你从戈壁走来……

1996 年 7 月 25 日·拉萨

源头之夜

寂静像一个巨大的瓮,扣在长江源头的夜空。
牧人帐篷中的酥油灯在沱沱河浪涛里微微颤动。
沱沱河绕过该绕的风景,黄水黄沙轻轻地低声吟唱着。

沱沱河,孕育了中国的第一条大江。
其实,它很小,小得像一条小溪。在这六月干渴的日子,它那两个"沱"字上面的三点水也流动起来了。
高原一片哗哗的水声。

也许因为它站得很远很高,才流得这么细小、微弱。
那个很近却又很远的地方叫各拉丹冬,白天太阳照不着它,夜晚月亮却能抚摸它。
那儿有祖先生生不息的梦幻;那儿有后人们留下的狂雪也埋不掉的足迹;此刻,在这个静静的夜里,那儿有一群藏羚羊舔水的声音……
源头宾馆三层楼房,静立在夜色中。
黯蓝色的背景。
幽深,神秘。

沱沱河从楼下流过。浪在喘息,水在扬波。
无声。
南来北往的汽车兵歇息在宾馆里。

源头在鼾声中颤动。

车场,一排熄了火的汽车随时准备出征……

1996年7月25日·拉萨

燃烧的拉萨河

历史很近,又很远。

我每次从拉萨河上走过,都要把岁月收藏的一幅剧照翻腾出来,再现眼前——

那年深冬的那个早晨,解放西藏的金珠玛米来到了拉萨郊区。布达拉宫下贫民窟里的农奴按捺不住满心的激奋,搜集了各家积攒的牛粪饼,点燃,放在羊皮筏上,顺着河坡而下,迎接亲人进城。

满河呐喊!满河花朵!满河翅膀!

这火丰富了日光城的感情,这火攻掉了贫民窟的忧伤。

拉萨河就这样穿过历史悠悠古曲,驮着拉萨加入了祖国的新生活。

从那一刻,我就记下了拉萨河如此丰盛而简明的面容。

今夜,我来到西藏,人还在羊八井小镇,拉萨河的浪头就开始撞击胸脯。

不管走到哪里,我心里都流淌着一条河!

1996年7月29日·拉萨西郊

西藏，一个落雪的夜晚

今夜，也许只是这座山降雪。可是，给我的感觉整个西藏都在风雪中笼罩。

我乘车走夜路，不是为了寻找梦想，而是要去远山投宿。

许多弯道、坡路已被积雪埋掉，我反而觉得路那么平坦。

雪虚伪了险情，我很安全。

夜，无歌无曲，落雪无声。唯车轮碾地很扎耳。

大雪无情地掩埋了我要寻找的那首诗的那个结论。

雪原上会长出一瓣嫩芽吗？

雪路很长，我与目的地的距离越来越短。

落雪比灵魂还轻，车轮狠狠地碾着。

一路上，我总能看到牦牛静静地站在草滩，一动不动，石雕一般。

它的主人哪儿去了？

在西藏，山与雪连在一起。

雪装饰了山，山给雪营造暖屋。

出乎意料的是，在我经过又一头静立的牦牛时，看到了一朵小黄花安详地坐在雪地上，她紧紧地挨着那牦牛的大蹄……

我可以写诗了。夜路仍很长……

1996 年 8 月·藏北谷露

流浪的牦牛

傍晚，雪山的景色比朝霞绚丽。

一头流浪的牦牛从远方走来，驮着夕阳，背着月亮。

经过牧村，它抬头望了望，目光达到冈底斯山的高度。吸一口掺着夕阳气息与冰草味的冷气，它又向另一个远方走去。

前方，有一棵树今晚要开花。

它不知道自己的主人在何处？

流浪的牦牛越过一条河，铺满河面的夕阳被它踩碎。

河那边，已经被浓重的夜幕笼罩。

它又抬头望了望，冈底斯山的高度从眼里消失。

它没有失去记忆，沿河而走。

流水指示着某个方向。

夜色越来越重……

在一座山下，它用自己的犄角擦亮了天边的云彩。霞光洒满高原。

它没有找到主人，那棵树也不会开花。

今夜，它把自己点亮，成为旷野上一盏风灯……

牦牛穿过时间的隧道，在夜空下匆匆地赶路……

1996 年 8 月·格尔木

拉萨牧羊女

露水打湿的黎明,你挑着日头上山;
秋风吹干了云彩的傍晚,你把李白笔下的月光踏成地上的白雪,归来。
鞭梢紧紧揪着羊们的目光。

两只很大的耳坠使人觉得你浑身都很沉重。你跑起来总是那么轻巧,越过正在奔跑的冬季,把羊群赶进绿色的草原。
脚步把寒风淬火之后,你在心里储存了腊月的日子。
冬天无雪。

由于你站在了山包上,草原才如此宽广。
暴风雪倾盆而来的时候,你挥着长鞭为自己导航。
雪山因而就长成了你的翅膀。
你也是一个虔诚的朝圣者,跟随着阿妈一起在大昭寺前磕着长头。这时,你总要把插在鬓角的那枚野花悄悄地收进了衣兜……

拉萨牧羊女,18岁的年龄总是把羊儿看成自己的孩子。你把自己嵌进草地,变成了羊儿的一棵草,远远就能听见拔节的声音……

1996年8月·拉萨河谷

在布达拉宫对面

  每一天,那抹金红总是从布达拉宫那个固定的地方喷薄而出。于是,夜一点点地溶化,瞬间,全城变得通亮。
  阳光使拉萨很温暖,没有了忧伤。
  当然,也有看不到日出的日子。下雨、落雪,或者有雾。
  这时,拉萨人总是望着另一个地方:布达拉宫对面山头的哨所,战士头顶上的那颗五星,依然那么灿亮。
  白天,哨兵也不下岗

1996年8月·拉萨

藏北炊烟

大雪纷扬的藏北高原的黄昏，宁静得仿佛一切都死去。

雪原无垠，万物皆空。

飞转的车轮咬的公路渐渐变短。

一股淡淡的炊烟从举目难极的地方升起，缠住了盘山公路。

荒漠雪原上的炊烟是一种温暖的声音，它告诉夜行者，前路也有地火炉，有一双可以拂去寒冬的手。

车轮鼓起一阵大风，选陡壁悬崖作最快捷的归途。

冰冷的雪路上，印出两行春水样的轮印……

没有城镇，也不见藏村。

唯一顶帐房孤零零地站在雪山下。不管夜有多深，雪有多大，帐房的门总醒着。

藏家女笑迎八方来客，一双不结冰的手掀起阵阵春风。

月光悄悄卧进了雪山垭口的鸟巢。

今晚，游子抱着雪山入睡，心也暖融融……

1996 年 8 月·拉萨

红　柳

　　秃光光的枝条撑在寂寞的空间，淡红的小花在烈日的烘烤下显得那么瘦小，单薄。

　　周围起伏的沙丘不是它的卫士，它们随时都会埋掉它的身躯。

　　无水，无肥，无人管理，它孤零零地繁衍着子孙。在蚂蚁搬运着秋天的时候，它迎来了一年一度的又一个收获季节。

　　它的小花得不到采花姑娘的青睐，却给高原的行人带来翻越雪山的动力。

　　夜来一场沙暴，它被活埋了。次日清晨，它又傲立在荒原上。这不是报复，而是征服。

　　其实，贫瘠也是一种营养。

　　昨晚，我听到了它的一声叹息。

　　原来，白天北京来的一位小姐把它拦腰折断……

1996年8月·拉萨兵站

冻河的养分与力量

到处是寒冰。
河流失去了声音。压在它身上是一个漫长的冬季。
一只鹰被暴雪折断翅膀，跌入谷底。

如果说春天有上百种声音，那么，此刻青藏高原只剩下了一种声音。
河水在冰层下呐喊。
哗啦、哗啦……好像从地球的那边传来。它响彻一个白天，又响彻一个长夜。

有一峰骆驼在荒原上走不动了，听见这冻河的声音，它又开始了远征。
冰层下的水涛，才是高原真正的声音。那是小河积蓄了春夏秋三个季节释放出来的声音。
它没有养分，只有力量！

1996年8月·拉萨

信到兵站

盼信的日子又瘦又累。
等待邮差的时候，皑皑的雪峰也伸长了脖子；
信来了，兵站长满了笑声，冬眠的小河在冰层下也擂起了鼓。

四方飘来的笑靥缩短了边防与故乡的距离，八方荡涌的喜讯使雪山吹满春风——

儿时的伙伴已经成家立业；记忆中的那棵白杨高过了檐口；母亲在信上的一句嘱咐使班长的思绪沿着村外那条小溪去寻找昔日的故事……

这一夜，食堂餐桌上的饭菜没人动一筷头；这一夜，熄灯的哨音压不下兵们心头的热潮……

深夜，信封上那一枚枚圆圆的邮戳，变成一个个小月亮，悄无声息地挂在兵站后面的山口……

1996 年 8 月 · 昆仑山

兵站窗台的无名花

这是高原最暖和的季节。

七月雪染白了大地。

公路上的车辙里积满冰凌，雪峰在暴风的肆虐中岿然不动。

一朵叫不上名字的花儿开得惹眼。

脆生生的枝干儿不娇，绿铮铮的叶儿不俗，花瓣瓣很像一团卷曲的铁丝。

深秋最后一片花瓣落地时，它已经在兵站的窗台上度过了三个严冬。

落花缤纷，却不叫凋零。

花儿涵括的精神在雪域深处扎根。兵们每天哪怕只看它一眼，出门巡逻就不会滑倒在雪地！

1996年8月·长江源头

安多，冰雪砌成的小城

> 翻过5400米的唐古拉山口，踏进藏北高原的第一站安多买马（今改为安多），许多人才开始了要命的高山不适应症反应……
>
> ——题记

唐古拉山下，寂寞的冰雪砌一座小城。

安多买马这个名字被藏人不知称呼了多少年。

有这么一天，它突然变成了一个传说，那匹马化作云彩不知飘到喜马拉雅山下的哪座山洼？

我年轻的时候曾到过它的怀抱，并不觉得它有多么残忍，只为没能骑着马兜城一圈而遗憾数十年。

我真实地领受到这个沉默深含着暴烈的小城，是后来再次走近它。那孤独雪亮地点燃在雪山上的野火，照着我失去血色的脸庞。我没有倒下，但是确确实实想退回到山那边去。

这时候，它的那匹马真的不知转移到了何方，冰冻的雪山下牧人的拴马桩上只剩下两个无声的字：安多。

安多满身披着刀剑，那是为了剥下你的营养；它双手握着狼烟，熏染得你无法清醒。

小城令我悸动不安，远方的晴空在我眼里汇成春天新鲜的液汁。

我朝着拉萨走去。

一座高山升上了天空,安多从山凹坠落。

我不敢陶醉,继续向前走去……

27年后的今天,我又一次到安多。

街头那晃眼的红绿灯使我无法重复过去的一切。满城似乎只有一种声音:汽车马达的吼叫。

我只能投一枚从戈壁拣来的石子问候泛浆的路。

安多,好亮好亮的黑夜。

我攥紧双手,让所有的恐怖从手中滑落。

我知道,接近死亡就是接近永恒。

1996年8月2日·安多

夜，一只迷途的羊羔

滂沱大雨，淹没不了摇摇欲坠的夕阳。
藏北草原植满了橘红色的金粉。
草滩上，有只湿淋淋的羊羔东张西望，东跑西撞。最后，它冲着山头上最后一抹金辉呼叫，奔去……

日落
雨更大。
西藏的夜幕用刺刀也戳不透。
羊羔没有了方向，丢失在何方？
西藏在野狼的嚎叫声中颤栗！

狼嚎远去。
从夜的尽头传来了羊羔清亮的叫声。很遥远，但越来越近。
它会叫出一条路的。因为这是它自己的声音，这是狼嚎之后的声音。
明天，太阳从它的叫声里孵出……

1996 年 8 月 26 日·当雄

五道梁的童话路程

有河无水。

云来不落雨。

河床几乎一年四季都袒露着龟裂的肚皮。

唯在夏季有短暂的几天,从昆仑山的嘴唇落下雪水,漫过可可西里草原,给河道里注入了一股小小的浪花。

河水越流越细,越流越小……

它潜入到何处?

来到五道梁,家家都有一个被装饰得精致,漂亮的蓄水地……

牧民的水池像只碗,兵站的水池形如勺;勺给碗里舀清波,碗里有水勺不旱。

道班的水池似葫芦,汽车连的水池像铜壶;壶与葫芦最相宜,海连江河凝深情!

五道梁的水,从河里消失了,聚成了家中的湖。

河水是你的泪。

湖波是我的汗水。

正因为有了泪和汗,瞬间才变得永恒。

五道梁的水,默默地走着属于自己的路……

1996 年 9 月·昆仑山

冈底斯山晨景

一夜的雨声使冈底斯山从沉睡中起身。
薄雾中慢慢地渗出了盘山公路的轮廓。
雨后的清晨，山里像一池清水，安静，清新。

牧羊女的牧鞭静静地挂在帐篷外的羊栏上。羊儿仍挤疙瘩睡眠。
山顶歇着一只鹰，翅膀上滴着水珠。
雨停了。山中依旧有雨声。

当兵站的炊烟袅袅升起的时候，远处，一队军车启动了旋转的飞轮。
于是，这个早晨在轮胎下变长……

1996 年 9 月·藏北

藏族猎人

四根竹竿撑起一顶帐房,无家的人永远在路上。

这顶帐房,有时坐在坡上,有时支在崖下,有时像花儿开在草滩,有时像鸟儿栖在山巅……

已经有三年了,猎人流动的家固定在了雅鲁藏布江边。

帐房里挂满风干了的兽皮兽骨,猎枪蒙一层灰尘立在一角。

他夜枕涛声入睡,昼在山中漫游。一只猎犬总伴随他,守家,也给他排除寂寞。

一个大半生以狩猎为生的人,在牧区的生活发生了新的变奏后而失业。

苦闷,烦躁,愤懑……

他呆望江上的浪涛许久,终于有一天将猎枪沉入江底。

他走了。

卷起帐房,挑着竹竿。

去哪?

进山,还是出山……

不知道。

一个降伏过狼虫虎豹的人,只要他把聪明才智从枪膛里退出来,还愁走不出新的人生风景线?

1996 年 10 月 · 格尔木

一头受伤的野驴

它从藏北无人区的深处走来,像一个瘦弱的老人拄着一根矮矮的拐杖,半走半跑地瘸着。

这里的天与地一般高,到哪儿去?它不知道。

今天活着明天能不能保住性命,它也不知道。

它只知道跑呀跑呀,慌慌张张,如一个无家可归的弃儿……

只有夜幕遮住了偷猎者的枪口,它才可以靠在结着冰的小河岸边歇一歇,舔舔冰润润干裂的嘴唇。

它多么希望这个世界永远也不要透出一点光亮。

在这深秋的衰衰寂寂的草原上,它就这么跑着。不寻找蓝天,也不寻找乐园,只渴望黑夜快快地降临。

那是一个太阳失去热力的午后,它终于跑死在路上,胸部成为青藏高原的一部分。

就在告别这个世界的时候,它还听见一米开外尖叫的枪声和偷猎者的狂笑……

1998年夏·唐古拉山

死去的胡杨树

它靠着利箭似的躯干,曾经在荒原上打开了自己的天下。
贫瘠的地方种下强壮的思想。
如今它被拦腰截断,躺倒在地。
枯萎的躯干残留着凄凉的故事和昔日的风韵。
一行孤独的骆驼蹄印。

压路机、长条锯、大板斧……都不是戳杀它的凶手。
贼子肯定是在木屑飘落中听见少女呼唤春天的声音,慌乱逃窜,扔下了这棵砍伐下的树。
春天在那个时候死去。
寂静的荒原中倏然爆出一片亮色!
干裂的胡杨树干上意外地长出了一瓣嫩芽。
春天的阳光孵化了它的幼芽,它又用阳光似的苍劲笑容,抚摸着受伤的残根……

1998 年 8 月·胡杨林

不走人的小路

谁抽出了利刃,在这里劈出一条小路?
无法知道它诞生的年月,只晓得小路从不走人。
总见黄羊在烈日下撒欢。

去冬无雪。
今春又是旱象。
约好的夏日,黄羊却没有再来。
小路在等待中开始枯瘦。

秋天我来寻找,小路不见踪影。
它已经成为只读了一半的历史。
后来,沙狐从地平线上走来,我才发现了另一条小路。
我永远怀念沙漠中不走人的小路。因为它让所有的日子都没有成为废墟。

1998 年 8 月 · 格尔木

戈壁滩瘦弱的灯光

太阳把这里的夏天暴晒得寒冷而寂寞。
鸟儿在高天上盘旋，没有落脚的枝头。

走进戈壁滩，我总有一种找不到家的感觉。
热风里摇晃的骆驼草告诉我：
马上要下一场雨，雨帘就是你的家门。

雨滴还没落地就蒸飞了。
鸟儿屙出的几粒瘪豆，却在沙土中发了芽。
它是戈壁滩瘦弱的灯光，也是鸟儿为我种植下回家的路标……

1998 年 8 月 · 西大滩

荒原鸡啼

走过唐朝，走过明朝，走过清朝。
这片土地一直在没雨没河的岁月里泡着。
该飘雪的时候，雪迟迟不肯落下。
该下雨的季节，云总是悄悄地被热风卷走，
戈壁滩埋藏着多少痛苦，
终于有一天清晨，传来"唧唧唧"的鸡啼！

道班工人用火炉暖出一窝小鸡。
每天清晨他们把纸箱放到戈壁滩放风。纸箱上挖了一排排小孔，小鸡呼吸着新鲜空气。
那鸡啼声就是从小孔里流出。

鸡啼像铧犁，扒开了沉睡千年的地皮。
戈壁滩喷射出一眼亮亮的清泉……

1998 年 8 月 · 胡杨林

遥远的春风

——写给昆仑书店

日子陪着雪峰悄悄地变老。

昆仑山道上,走过了一代又一代跋涉者。

唯一不变的是年年增厚的积雪营养着寂寞的雪莲。

今天是个好日子。太阳托着车轮向雪山挺进。

我在这傍山道上看见了你,突然觉得春风把触角终于伸进了这遥远而闭塞的山乡。

我看了看表,越野车比预定时间提前赶到昆仑……

1998 年 8 月·昆仑山口

路边的灯

汽车冲到谷底。路边忽然跳出一盏昏暗的灯光。
它没有带来光明,却使暗夜显得更黑暗。
飞车一闪而过。
灯甩在了身后,渐渐消失……

汽车驶到山顶,我可以摸到雪峰上的寒风。那盏灯却离我近了。
夜色依旧如漆。
我猜想着那盏灯:也许是抛锚司机燃起的篝火,也许是牧人帐房里一豆酥油灯的微光,也许是野狼的眼睛……

夜色依旧如漆。
我告诉司机加大油门向太阳冲去。
那时,我站在晨曦里,启开一扇窗户,把什么都会看清……

1998年8月·当雄

沙漠是另一种生活

这里缺少鸟
这里没有花朵
这里看不见小河
这里听不到笑声

沙漠里盛产大风歌
沙漠里有颠不翻的骆驼
芨芨草在这儿干不死
沙漠清泉夜夜泡着寂寞的星颗

枯燥的沙漠也是个五彩缤纷的世界
走进沙漠，你可以自由选择各种小路
你可以在广阔的空间驰骋
你可以拥有人间不曾有的海市蜃楼

沙漠是有滋有味的另一种生活……

1998 年 8 月 12 日·格尔木

饮马河远离春天

它像一个揣着心事的少女,紧缩着身子。
愁绪悠悠地从戈壁滩流过。
越走离春天越远。

昆仑山的积雪是它的呼吸。
当严冬锁闭了它远去的路,河床上只留下抹不掉的泪痕。
星星再也不会落进它的怀里。

干涸也是一种存在。
于是,它捡起一颗风化了的河石推算流水送走了几个春秋。
它苦苦地等待着另一个夏季……

1998年8月14日·饮马河

可可西里的月亮像太阳

一轮黄月亮，挂在雪峰上。
满世界都享受着它洒下的温柔而透亮的银光。
这儿的月亮比别处圆。
这儿的月亮比别处肥。
这儿的月光双手能掬起。
这儿的月亮像一轮小太阳。
用姑娘的眸子来形容它显得太小气。
用一枚铜币来比喻它显得没分量。

望着这颗多汁多味的月亮，我突然觉得长江源头是停泊黎明的港湾。
明天的日出一定很壮观。

1998年8月17日·五道梁

无月的夏夜

风平浪静是大海的过错。
今夜怎么会没有月亮?
远方一盏灯,加深了夜的黑暗。
天黑透了,月光便死在那座无树无草的沙梁上。

我的心和你的心只隔着看不见的一层夜幕。
无月的夜更拉长了我们的思念。
不必发愁找不到回家的小路。
我们的家藏在月亮的背后。

1998 年 8 月 20 日·乃东

不冻泉废墟

黄昏。
车到不冻泉,我看到一片废墟。
枯草盖着乱石,乱石压着枯草。
生命与死亡在这里是一种颜色。

它曾经给过高原人温暖,如今却把温暖冻在了冰河里。
唯有那根挂过马灯的木杆子还高高地站在空房子前。
冷风从房子中间穿堂而过。

今晚我来不冻泉投宿。
不用敲门,就可以走进空房子⋯⋯

1998 年 9 月 · 不冻泉

雨后拉萨

夜,雨不停地冲刷着拉萨城。
清晨,雨住。天空仍滴着水珠,全城都成为流动的水。

拉萨从睡梦中醒来,好像洗过澡一样清洁,湿润,芳香。
喜鹊静站枝头,不动,好像回顾什么。
大鹰雕刻般粘在山畔,紧缩着头。
所有的翅膀都湿漉漉地淋着雨水。

哲蚌寺的钟声显得迟钝,木然。
大昭寺僧人的诵经声裹着湿雨传不多远。
唯有一种声音是永恒的:从北京来的第一趟航班划破雨雾准时降落在贡嘎机场。

太阳刚一出来就冻红了脸。
这是日光城一天中最亮丽也是最初的语言。

1998年10月·格尔木

冬季长久留在源头

这里的水系很小,很细。
远离澎湃,远离力度。
遍地水色,漂不起一只帆船。

四个季度在这儿变成一个冬季,长久地在源头停留。
六月飘雪,小鱼冻结在河面的冰碴上。
正是这没有喧闹和狂躁的肃静,孕育了入海口那汹涌澎湃的涛声!

1998 年 11 月 · 长江源头

藏北河流

在夜晚清淡的微亮中闪着柔白的光。
在黎明的薄曦中跳着轻盈的脚步。
那是一个永远流动的歌手,高山和高山之间是她的家。
藏北的河流犹如一匹骏马,总是奔腾在高远的天空。暮色中,马头斜靠着冈底斯山的胸部。

像一只白色的翅膀,春天从绿草地上流过。
像扯在草滩上的一串幡,夏天从未成熟的青稞地流过。
雪山是她明媚而灿烂的乳房。
山巅的灵芝草是她烈火般的王冠。
藏北的河流像藏民族睿智的目光,永远有一个不变的姿势,不变的方向。

藏北的河流是高悬在天空的生命,她不改初衷地拥抱着坚硬的冰川,面对着大海。
你要知道她对星星说了多少话,请数数草原上的格桑花。
你想知道她走了多少路程,她只会告诉你,她越走离太阳越远……

1999 年春·北京

雪是天地的唇

已经到了盛夏,那片在唐古拉山顶迷路的雪花,为什么还不回到小溪的怀抱?

想你想得最厉害的时候,我心扉挂着一把锁。

雪,在阳光的金波里悄声落下,用它纯美的吻,轻轻压住天地的唇。

我抬头看去,越是在远处的世界越清晰,越是近处的景物越朦胧一片。

西藏的夏天少了雪,谁来哺育灿烂的秋天!

我把歌声的种子埋进雪里,你把思念的小苗种在冰下。两颗心站在雪的门槛之外,等着雪化冰消后大地上露出一把钥匙……

1999年盛夏·冈底斯

日喀则思考

在很远很远的地方，就瞭见了一片被阳光照得发亮的屋顶。
扎什伦布寺到了。
寺庙的经幡像一面面旗帜，上面写满了历史。
经幡站立着。
天地间无声无息。
走近日喀则，我才看清这个城市布满各种形式的大街小巷。
摇着转经筒的人们跑步向扎什伦布寺涌去。
人们不是来这里凝聚，而是从这里出发。

这是一座很古老的喇嘛庙，每座殿堂里都点燃着上上个世纪的酥油灯。
好几世班禅的肉身排成雄伟的灵塔群，每一个朝圣的人对它诉说着什么。
天空如沙漠。

我相信：时光在流程中会擦亮一些虔诚者的眸子，同时也会消失另一种人的色彩……

1999 年 8 月 · 日喀则

扎什伦布寺旁有一只吃草的羊

阳光很高，雪山很远。

这片草地离扎什伦布寺很近。

有一只羊走得很悠然，吃草也很悠然。远远看去，它像寺庙墙壁上一只有生灵的雕刻。

它从哪儿来？

主人呢？

那是一只离群的羊，经常独自来这里吃草。上次吃过的草还没长出新芽，它就又来了。

它很寂寞，用唇和牙齿掘着草根，一根又一根……好像在报复大地，又像在报复人类。

草原被这只羊撕开的口子流着血，整个夏天都没有愈合。

我后来仿佛才明白，它要把这儿的草根掘完才肯罢休。真的到了那一天，它就永远不来了。

那时，它的伙伴躺在干草铺上，如一群自由而干死的鱼。

它呢？也许还活着，成了一道不知道名字的风景。

不远处，扎什伦布寺里的盏盏酥油灯，把天变成了暗夜……

1999 年 8 月 · 日喀则

月光下的雅鲁藏布江

整个西藏都枕着这条江睡眠。
雪山，冰河，草原，一片幽静。
汽车的车灯把夜幕切开一条雪白的缝，悄悄东升的月亮又把那缝变成一张白纸。
月光温柔地抚摸着雅鲁藏布江熟睡的呼吸。
我看见江湾搁浅一只牛皮船。
没有船夫。
难道是因为月光在江面刻下了长长的伤痕，船夫才不忍心解缆？

汽车沿江驶去。
那船被夜吞没了。它成了笼中的鸟。
我想：只要有桨，它并不在乎搁浅！

1999 年 8 月 · 日喀则

夏　月

有一个把大地从黑夜里捞上来的精灵，她的名字叫月亮。
月亮是太阳汁液的一滴，她把全部营养都浇给了夏夜的第一场雪。
可可西里的冰川化为小溪。
戈壁红柳的叶子由枯变绿。
藏家女的歌声那么脆甜。
一夜的月光足可以漂白我们整整一生。

今晚，我们和你在戈壁滩跋涉。
我们手里攥着雪团，是为了谛听春之足音。
月亮被我们的脚步踏成了两半。
我的这一半，是冻结的坚冰。
你的那一半，是我想象中的春水。
分别时，我们把整个月亮装在衣兜。这样，我们就永远与太阳同行。

1999年8月20日·日喀则

寺檐的铃铛是日喀则的眼神

　　扎什伦布的金顶是一颗月亮?

　　它没有给大地光芒,却使这古老的庄园显得空旷、寂寞。摇动佛龛的风彻夜不停,碰响了僧人的门窗,还有郊野牧民取暖的牛粪火。

　　年楚河流过的这块地方,终年总是昏昏欲睡,唯寺院的诵经声是它的知音。每天小河流向哪儿,只有流水知道。于是,新的一天又重新开始。风比雪冷。

　　漆黑的夜,寺檐的铃铛在自然界自由地呼吸,它是日喀则百年前的眼神……

2000 年 8 月·日喀则

亚东的灯光累了

再走一步,就是异域。止步。

夜里灯光把小镇勾勒得比白天更真实,这灯光就是喜马拉雅山不眠的眼睛,它睁开时周围就变得一片黑暗。

深夜,所有的灯盏都累了,只剩下它还在搜寻光明。

当黎明降临时,小镇的某一部分仍然黑着。

白天,两地商客在亮过灯光的地方相聚。人们脸上的笑是因为感受了昨晚灯光的抚摸。

有时一盏灯就是一个家。

2000 年 8 月·拉萨

八井的特殊风景

我沿着青藏公路,追赶着黄昏耀眼的光芒,向拉萨行进,途中,有一处特殊的风景。

羊八井。我投宿在藏家小店,没有院墙,也无楼房。

阳春三月,敞着窗户的小屋压着厚厚的积雪。周围的山涂着冷色调。

我看到屋后的杂草丛里裸露着一排排墓碑,埋着当年的修路战士。

我的脚步轻抬慢放,不能触动这里的宁静。

夜里,清冷的山脊上,悬一盏自在的月亮。

不眠的地热站,正缩短着夜的长度……

2000年8月·当雄

在山顶爬山

我走近昆仑,抬头望,昆仑是远山;
我来到唐古拉山脚下,举目看,唐古拉也是远山;
我在喜马拉雅山中跋涉,仍然觉得喜马拉雅山是远山;
我向汽车开远的地方跑去,车轮碾碎白云。

青藏高原所有的山,都是阔大天空下一个小黑点,都是远山。
山山相连,岭岭不断。
跋涉者永远也走不出它的怀抱,摆脱不了它的牵连。
暗下来的河,流在山上。
高原上的山,默默地立在地平线上。
只要你踏不上地平线,山就永远碰不到你的鼻尖;在你开始爬山的时候,其实你已经站在山顶上。
这个夜晚,我走在藏北的山上,月亮就坐在我肩膀,一条不知名的小河流进我的衣兜。
我突然有个想法:摘下月亮,挂在唐古拉山的岔口上。有了月亮,人们就不会遥远,也不再孤单。

2000 年 8 月 · 雅玛尔河畔

夜走年楚河

雪飘在我心里。
六月。
车灯射不透的寂静,天地间没空隙。
汽车的喇叭声埋进了雪里,年楚河流着无声的涛声。
岸在流动。

河岸就是日喀则。
日喀则的扎什伦布是班禅大师住过的地方。那颗停止呼吸的心还在太阳的台阶上搏动。
夜里,仍有青稞的香气弥漫。
日喀则的雪,打湿的不仅是西藏。
日喀则的古柳,支撑的也不仅是高原的蓝天。
日喀则六月的故事,是老了的故事。

夜在沉睡,泥石流涌满了车道。
雪把汽车轮子抬得很高,很高。
司机拿出最大的勇气冲坡。

突然,路边的树上掉下来一只受伤的小鸟。
静卧路中央。
一个懦弱的生命。司机无法绕开,从它身上碾过。

红雪。

留在日喀则夜的路上……

2000 年 8 月·日喀则

那曲太阳很年轻

初次见你，留下贫瘠失血的印象，至今犹在。街前有一条河，流的就是你。

河面映着破落的藏楼，贴满牛粪饼的矮墙下站着一个唱歌的女子，伸着脏手乞讨。

塌了半边的帐篷里，阿妈在呻吟：孩儿呀，娘好冷！

那一刻，寂寞的那曲充满了狗吠声。

今天，你也许还没有造出另一个生命的奇迹，可那条河上架起了一座连接无人区的大桥。我想起那个唱歌的女子，她大概已进了幸福院。

院外，一伙外出打工的姑娘说：娘，我还会回来！

从崭新藏楼逸出的炊烟，给她提示安宁。

那曲确实老了，寺院上古老的太阳很年轻。

2000 年 10 月·望柳庄

枣木手杖

格尔木郊外。
河畔的沙土里埋着一截树桩。它已经代表不了一棵树了。
枯树尸。

它也许是一棵枣树。很早很早的年代,有人把它戳进沙地。戈壁风很快就把它吹灭了。
它就这样独自在格尔木郊外酸着。
身躯空了,头依然仰着。

一位老人在树桩下拣起一块石头,他说这是酸枣树生下的蛋。石头能开花。
还有另外一位老人,是他在50年前,把带着嫩芽手拐插在格尔木河畔。他说,有一天我离开这个世界了,它会替我发言。

这位老人就是慕生忠将军。
正是他用这根手杖撑起了四千里青藏公路。
酸枣树独自在格尔木郊外酸着。它让人们思考、体味已经不存在的那个年代。

我来到格尔木，要寻找两棵树。

我希望在那棵已经不是树的树旁再长出一棵树来。因为我不愿只看到一棵树，第二棵树最好是老人的儿子或孙子栽种。

2001年夏·格尔木

大雪围城

格尔木雪花大如席。从周日围城,一直下到星期五。

雪花率领着铺天盖地的白。路过察尔汗盐桥,悄悄地在一位老人的眉梢站住,成为一滴透亮的热泪。

因为雪,格尔木的夜更加完整。

城市在这个飘雪的季节成熟。所有的想象之门洞开。

在雪的光明中,黑夜被映浅了,月亮也变得暗淡。

大雪压弯了望柳庄前一棵树。嘎巴一声拦腰折断。那棵树没有连根拔起,它便完成了一次飞升。

格尔木的雪景最像波涛,把昆仑路上最高的楼房也抬高了许多。

屋檐下,一只卧着的狗某个部位在风雪中颤栗。

卷着雪粒的风跑过格尔木河,给河道的积雪上又压了一层雪。

再大的风也跑不出这条河的怀抱。

2001 年夏 · 纳赤台兵站

月亮的孩子

夜行的汽车在转盘路口走着,月亮也跟着走。跟到山上,跟到水上,跟进牧民的帐篷。

月亮不动声色地挂在将军楼顶。

月亮多透明,从正面一直能看到背面。

昆仑路口,盐湖街上,有许多窗户都亮着。

那些通明灯火里聚集着多少月亮。

不管是月亮熟悉的还是不熟悉的面孔,大家都忙着白天没忙完的事情。

外出经商的人,在远乡也望着格尔木月亮。他们擦一把眼泪上了路,把流浪的日子背回家。

雪花飘飘,大地一片透白。

月亮不冷,那些窗口也不冷。

在开往拉萨的长途汽车站上,两个人打着扑克。

他们不时地从怀里掏出月亮。

这个城市通宵不入睡。总有许多窗口亮着。它们都是月亮的孩子。

月亮本身,无须赞美。

有了这些孩子,格尔木就能飞起来。

2002年9月·格尔木

纳赤台小酒店

一排土屋裸露在山坡,压着残雪。
我揭开结着污垢的棉帘,黑洞洞,一股烟味、酒味。
圆桌周围挤着喝酒的人。
这个时辰喝酒的都是从路上下来,还要上路。
半开的窗户伸出温暖。
外面下着大雪。

许久,我才看清了蚊群似的人影。
有的歪在沙发,有的斜靠椅子,有的盘坐地上。
喧闹是主要的。除了喧闹,我从这酒味里还闻到了青稞的气息。
桌上的饭菜已凉。
只有酒精在挥发。

人往往是最疲劳的时候心灵才能得到放松。
我加入他们的行列。
我才感到了这些醉汉的背后,隐藏着青藏公路。
明晨,他们酒醒,回到驾驶室里。
飞轮碾碎千里雪。
午夜,酒杯声已消失。
窗外的雪依然在下。

2002 年 9 月 · 纳赤台

察尔汗降生的女孩

柴达木流淌着一条沉沉静静的河,
察尔汗盐湖。
它宁肯消沉,也不淹没。
盐堆积在蓝天。
湖波闪烁。
内力无限。

什么能打破这漫长的沉寂?
深夜。
一个女孩在察尔汗晶体小屋降生。
啼哭声的背后坐着一个漂亮的藏族女人。
她带着产后的幸福和疲劳,瞅着女儿:
"你真有福气,你的家是地球上最大的盐场。"
婴儿蹬着双脚。
那脚踏着盐湖,满世界发出脆响。
从生命里消失的许多东西又回来了。
盐在婴儿呼吸中溶化。
远处,海市蜃楼正坠落。
太阳出来的时候……

2002 年 9 月·察尔汗

楚玛尔河

你从最高处走来,还要到很远的地方去。
世界屋脊,长江源头。
带着终年不化的雪地冷漠。
在流过可可西里漫长的路上,你才热情奔放地变成一条条小溪。
在每个河湾里你几乎都丢下一个水袋。
静静的楚玛尔河。
白天,藏羚羊戏水,野驴缠闹。
夜里,月亮缩了缩脖子钻进水里。
流程上有那么多快乐,你为什么储存了说不完的忧伤?
不知从哪天开始,河边忽然坐着一个猎人。他怀抱猎枪在烦躁地等候。
你在这等候中开始死亡。
水的骨头变得冰凉,走路的脚步显得迟缓。看见雪花你就噙着泪水,遇到下雨你就发出哭声。
野驴不再来,藏羚羊躲开了。
远方的牧人去了更远的地方。
枪声把你的流程推得越来越漫长。
那些水池慢慢地变成了你身上的一块块伤疤。
从此你活在了另一个世界。
与正在消亡的事物诉说着什么……

2002 年 9 月 · 西大滩

布达拉宫顶上的雪

在沙尘飞扬的日子里,拉萨人盼着一场雨。
雨正走在通往春天的漫长路上。
夏风拦截了它。
雪花飘飘洒洒地覆盖了八角街。
雪在空中走路的姿势美得让人心醉。
像抖动着的软软印花布。
又像碎银在飞洒。
还像藏女燃烧的歌声。
拉萨的每棵树都挂着一身肃穆。
最数布达拉宫金顶透亮、晶莹。

不善言辞的雪美化了拉萨,
它温柔的手抚摸到寒风到达不了的布达拉宫的背后。
雪夜,拉萨进入梦乡。
裹着白雪的金顶不再是虚构的月光。
一只迷路的乌鸦在大昭寺前的唐柳上扑棱着翅膀。
这究竟与雪有什么相关?

2002年9月·昆仑山

牧 归

——喜马拉雅山小景

西藏大地,渐渐地变成了一眼很深很深的井。
雅鲁藏布江也平静了涛声,瘦成一条即将熄灭的火龙。
整个世界屋脊泡在一片蹄声里。

牦牛驮着夜归的人赶路,还驮着打盹儿的星星。
鹰是天空一个冻结了的黑点,它丢在地上的影子已经被暮色吞没。
风拾起蹄声,扔进了江里。

牦牛背上的行囊里终于装进了疲乏的夕阳。
天并没有完全黑。
不断敲着江岸山路的蹄声,催着夕阳变成晨曦。
蹄声,苍茫中的自由之音。它唤醒的是明天的飞翔。

远处,一盏灯光像一把钥匙打开了夜的大门。
牧归人在寒夜也感到暖心。

2003 年·唐古拉山

拉萨河谷的空房子

日子在此定格,冰冻后装在这间空房里。
一片很小的空间。
一个寂寞的世界。
一张旧了的黑白照片。
从二十年前的那个秋天开始,它渐渐变黄。
拉萨河的涛声响到这里,突然拐到远处,怕它追上。

墙上一枚空钉子,挂着凝固的岁月。
它曾经住过最后一名探险者,他留在地灶上的酥油茶已经结成硬疤。
从那以后,小房子一直等待着另一名勇敢者归来。

空房子已经睡了多年,可它不断地提醒人们:
不分昼夜,谁都可以在此歇脚。
没人走近。
它曾经挺立的地方,眼下多数人已经难以到达。
青藏公路上的车笛消失在深渊……

2003 年·纳赤台

通往拉萨的路

　　格尔木路口的路通向远方,远方是六月飘雪的天空,天空下是拉萨城,拉萨的阳光最丰盛。

　　路通到可可西里被切去了一半,那儿正修一条世界上最高的铁路。牧人赶着牦牛从工地上慌张走过,藏羚羊仰起头安静地望着。
　　唐古拉生长着新的脊梁。

　　路上有一个姑娘,她像所有的姑娘一样正经受着爱情的折磨。但她不像所有的老人那样去磕长头祈祷,却只是站在山坡向远方瞭望。
　　远方不是拉萨,那个人在拉萨以南更远的地方。她真想在那男人身上挖个坑把自己埋了。

　　道路每天都在往前赶着,何处是终点?
　　路边新栽的一排树已经快枯了,有两棵树正抱头痛哭。我想,保护好每一棵树的安全,是每个人全力以赴的责任。

　　我打算沿着通往拉萨的路,上一趟喜马拉雅山。我知道那是个海拔最高的地方,那里不仅存放着拉萨的档案,也冷藏着整个青藏高原的史记。

2003 年 7 月 · 昆仑山

远方的远方

一个很远很远的地方，
黄河长江发源的世界屋脊上。
白云在山巅安家，岩鹰歇在崖畔喘息。
公路披着山雾缠住了一座山，
却没有像雾一样散去。
还有，天河水把哨兵的刺刀镀亮，
刀锋挑着和平。

一只百年的老狼
踏响终年积雪正返回故乡。
每天清晨，当山寺的钟声传来，
火烧云遮不住乡愁的梦。
我跨过一个冰大坂
登上哨所前最高的山峰把远方瞭望。
六月雪茫茫地下
不知远方的远方在哪里。
雪水打湿了军衣
我的心里还是炽热的火炉。
故乡妈妈的眼里是否凝聚了万缕霞光，
新娘坐在炕头也许两眼泪汪汪。

在夜幕张开翅膀罩了群山的夜晚,
寂寞像夜来香开遍山下山上。
这时候,伴我的只有一只失眠的月亮。
给月亮做伴的是那些整夜里闪烁着灿烂笑容的星光。
我看见在远方的远方,
妈妈正踏着陡峭的山脊走在小路上
雪光映寒霜。

我生活在这个遥远的地方,
总喜欢把远方眺望。
冷雨,雪窗,
我家的门牌随时能引我回家。
儿时的茅草屋已经没有了主人,
一簇簇荒草爬满了老墙。
屋角的那块土坑似乎还在暖着一个老人烫手的乡音。
老人正喋喋不休地诉说着遥远、陌生的隔世故事。
天空还是那片天空,
老人的声音也依旧那么真实。
新屋从老屋走来
朝西的屋子,朝东打开窗……

2004 年·黄河入海口

大堡子旧事

那时候,四十年前。
大堡子像今天一样有一座兵营,
我是一个兵。

营门口的哨位旁。
我常常看到一个藏族乞儿蜷缩在树下,伸着脏兮兮的手,托着个空荡荡的胃。
衣单,赤脚。
那是伸向苍天的手,有时他睡着了,手还醒着。

我每次从乞儿身边走过,都想脱下军装送给他一点温暖。可我不能。
我是一个兵。

就因为这,我不喜欢西宁这个城市,不喜欢这个城市的大堡子。
那个乞儿后来就死在了军营门口。

2004 年 6 月 · 西宁

经过盐湖

那年那月那日。

我在这儿看到一个湖,遍地的盐安静地沉睡着。整个大地仿佛都抽着咸咸的鼾声。

满世界的透明晶体。

两个盐贩,一匹马,蹒跚地逼近了冬天。

望柳庄前的老树,盘旋着冰冷的年轮。

又是一个夏天我从这儿经过。

盐湖的镜子里映着肥胖的春天,还有春天之前那个干瘪的冬天。

运盐的火车像彻夜不歇的马蹄,敲着盐湖:醒来,快醒来!

蓝天上一只鸟儿扇动着昨天的空气。留在盐湖那些饥饿的伤疤必将复活。

今年隆冬,我再次经过盐湖路。

一条宽阔的盐河在汩汩流淌。河两岸,隆隆的机械把整个生活浓缩成晶体。

察尔汗,柴达木盆地一首立体成长的诗!

2004年6月·察尔汗

日月山上的小树

天很高，
风更高，
这棵树从中间穿过。
崖畔是它的家，石缝的薄土固定着它的根。
枝头的阳光是它的衣裳。
时常有风掠过山崖，撞到树上，风被撕成一块块碎片。

无法考证树是谁栽，哪年哪月。
它的个头不高，却活得很鲜活
饥寒干渴时自己忍耐。
春风化雨里自己欢乐。
清晨它的风景最馋人。
满眼的露珠在树上开放。
那不是花，人都说是文成公主的眼泪。

这个从皇室来的女人就是从这里走进西藏。
已经上千年了，
思乡的眼泪还像星星一样安静。
这个女人带走了一大箩筐故事，也留下了一大箩筐故事。
小树作证。

2000年的一天深夜，
雷电暴雨把小树劈成两半，连根拔起。
它的眼泪洒满日月山。
它把多少年的积怨和幸福，全部端在手上，向人们倾诉。

生活中常有这样的情况：
一些很有意义的生命被人们忽视。
比如这棵小树，
无人问津。

2004年6月·日月山

从西宁乘火车去格尔木

把我对昌耀的思念放在小桥柴达木宾馆的冷库里,带着塔尔寺的酥油花,我登车上路。

前方的山岔噙着半个月亮。

列车碾着乡村的黄昏,掠过金银滩。
那里有一座平掉的坟场,卓玛姑娘站在路边搭车。
小站不停车。
车窗上姑娘的侧影很像王洛宾老人。直到那身影从我眼前消失。
夜风中,半个月亮站不稳脚跟。

这天深夜,我终于抵达格尔木。
这个城市的午夜视线更清楚。每座楼房每条路都睡着了,唯转盘路口那块写着"海拔2800米"的标志牌醒着。
标志牌旁站着一位藏族姑娘。我不知道她等待什么人,只觉得睡着了的格尔木比醒时更年轻。
一队夜行的骆驼从城市边沿走过。
昆仑山的夜,又一次被驼铃摇响。
西宁郊区的那半个月亮已经被谁摘去了,格尔木街面上铺满了女人的阳光。

2004年6月13日·格尔木

老兵坟上有棵红柳

雪山酷冷。
铁一般结实。
山下,一簇脆弱的红柳在坟头摇曳。
太阳躲在山那边。

戈壁滩掩埋着一位老兵。
高山病夺走他生命的那年,老兵刚好 20 岁。
春天,几个战友跪在坟头栽下了这簇红柳。
思念含在叶片里。

阳光天天和红柳相视无言。
月光夜夜在墓碑上写着谁也不认识的字。
红柳不寂寞。
沙漠湖收留了过路的太阳和月亮。
雪是红柳的呼吸。

红柳,老兵永远也穿不破的军装。
多少年了,矮小的红柳总是长不大。
它说:我一旦长大就会死去。我不能死,要等待老兵归来。

终于有一天，红柳等不来老兵归来，它打开了坟上的纽扣，坟里依然是死亡。

它继续等待……

2004 年 6 月 18 日·昆仑山中

青　海

阳光照在需要它的地方,昆仑山的积雪发出金属般呼唤。
月光在不该它出现的角落里灿烂着,塔尔寺面带冰冷的历史和寒意。
太阳和月亮总想说话,实际上它们一直躺在青海湖畔昏睡。
日月亭说:东大街像出土文物。

吵嚷的大十字其实是旧生活的晒台,火车拽着湟水向西奔跑的时候,西宁那缓慢的脚步才开始移动。
大雪封门的冬季,格尔木转盘路口背负着沉重的可可西里潇洒跋涉。
德令哈、大武、玉树,还有五道梁,都在风雨里站着,并不是等候送伞人。

高天之下,飞来唐古拉山的一片雪花,盖住了青海的整个冬天。
这片贫瘠的土地并不缺乏阳光和雨水,播下的小麦却全部成了青稞。
从遥远的金银滩吹来的风把好多传说风干成故事,挂在青藏公路的起点上,让人传阅。

2004年6月20日·西宁

湖　畔

一峰骆驼,低头吃草。
驮着夕阳,走动的夕阳。
琴声,是谁在远处为谁噙泪而弹
骆驼仍在吃草。
湖畔如梦。梦在水中洗过。

夕阳里钻出月亮的时候,草滩入睡。
青海湖这时从版图上消失,涛声依旧。
骆驼仰天长啸数声,声音的速度在缓慢地凝固。
拉驼人呢?

夜风。驼脊颤成了曲线。
大雪飘摇。
路边微微的灯光。不是骆驼的家。
一只老狼,
走上杈子枪的准星……

2004 年 6 月 20 日 · 青海湖

怀念一个地名和一个女人

繁写六个字。
简称只有两个字——
楚玛尔河兵站。

匆匆的年代,
忙着修路,急着通车。
凡是从那个年代过来的人
似乎这一辈子都不会再这么匆匆。
这个兵站就是那时闪电般的产物,
也许它存在了一年半载,
也许只有几天。
它从青藏线消失时却留下了一个永久的名字:
女兵。
一个来自首都的文工团员。
她特地在楚玛尔河兵站滞留三天,
就是为了给三个战士唱歌。
那歌声至今仿佛还在世界屋脊缭绕,
她却躺在冻土层静静地睡去。
五十年了
还没有醒来。

当年听歌的兵们已经七老八十了,
谁也没有忘掉听歌时的那种幸福。
她唱了一支又一支歌
激情把寂寞的荒原点燃。
兵们总是听不厌
直到她累倒在帐篷前……

歌声
雪山上的灯
女兵
兵心中的彩虹。
兵们爱她
爱她把歌声灌进楚玛尔河的水波,
爱她托腮远望时的那双眼睛,
爱她微笑时那不易觉察的酒窝窝,
爱她打开窗户就像打开了胸膛一样坦阔。
……

那时我正年轻
是高原上一个汽车兵。
我爱过她,追过她,
在她死后仍感到她还活着。
每次我从楚玛尔河走过,
都觉得没有比她睡眠更完美的了。
我从格尔木发出一封贴着8分钱邮票的信,
至今没有抵达。

格桑花年年寂寞地开了又谢,
她始终牢固地守着远方。
我的心里也永远留着美丽的幻想,
把遥远的楚玛尔河
移植到我的住所……

2004年6月·长江源头
2004年10月改于黄河入海口

西行路过昆仑山

西大滩。
地图上没有标志。
几户人家,几缕炊烟。
把店主人与投宿者捆在一起,能从山这边背到山那边。

每夜,它都是半睡半醒,
转动的经轮也惊不动它的梦。
汽车渐渐稀少,
沾着泥巴的轮胎在小店前放松。
远处,
困倦的灯揉着瞌睡的眼睛。
店里的炉火烤着山顶的积雪。
小壶煮酒。

小店后面的坡下,
朦朦月色合住了铺雪的小路。
一对接吻的人影在下雪时终于分开。
他们连夜乘车各自赶路,
一个向南,一个向北。
分别奔赴拉萨和西宁。
也许,一小时前谁也不认识谁。

也许，分别时谁也没记着谁。
人一踏进昆仑山，男女的界线就变得模糊。
你是属于大家，我也属于大家。
这不是爱情，也不能说不是爱情。

清晨，西大滩空空荡荡。
店主人和太阳一起叫着一个人的名字，
声音穿越空间很远，很远。
没有回音。
忧伤与深情，无处不在。

主人站在屋檐下看天，
许久。
回转身进屋，
一桌没有和的麻将。
炉火已灭。

生活中的许多事情永远也说不清楚。
到了昆仑山你自然就明白了。
我就是带着这种感觉继续西行，
拉萨并不是最终目的地……

2004年6月·长江源头

2004年10月24日晨改于黄河入海口

弯曲的里程碑

它站着,永远的岗位在路边。
无声无息,像在导演一场没有终点的长剧。
累的时候,从马达声响中吸取足够的动力。
它只记着报出自己的数。
可人们从它身上读出了天路的漫漫征程。

我忽然想起一个人,与里程碑有关。
他的名字叫慕生忠,修筑青藏公路的总指挥。
五十年过去了,他的精神像镏金的塑像,
一直挺立在世界屋脊。
风里雪里,雪里风里,车队从他眼前飞驰而过。
因了他那目光,没有阳光的日子高原也很灿烂。

在他去世的前一个夏天,
老人拄着拐杖上了一次昆仑山。
他摸着一块里程碑眼含热泪,说:
"它们都站得快朽了,
该下岗休息休息!"

次年,老人离世而去。
在他摸过的里程碑旁

立起了一块汉白玉石碑。
它专为老人而立，上面有他的头像。
从此，老人的头颅变成不朽的岩石。

追究是谁立的碑似乎不太重要。
需要说明的是，躺在坟墓里的老人实在很寂寞。
他想喊却没有声音，只能把喊声含在眼泪里。
他曾经为修路用双脚把高原丈量，
从昆仑山到冈底斯，又从拉萨河谷到藏北草地。
从来不知道什么是苦什么是累，
没想到死后这条命变得如此金贵。
当年走出来的路也发生了弯曲……

2004年6月·格尔木

2004年10月25日晨改于黄河入海口

可可西里

在可可西里，十年也许是一瞬间，一年却很漫长。
昨天，藏羚羊在莽原上挤疙瘩地活着。
今天，一堆堆戳向蓝天的羊角散布草滩。
世界屋脊的海拔没有增高。

昨天的可可西里，在昨天之前我还能记得它的容貌；今天可可西里的模样，在今后之后我已经把它忘却。
未知的遥远的事情为什么不能来到眼前？
藏羚羊的哭泣声流成了河。

刻着索南达杰名字的碑长在了云层上。
那是西藏牦牛驮来的碑，那是长江源的冰雪凝成的字。
他在死亡的真理中活着。
索南达杰的灵魂至今仍然是孤独的守卫者。
只有在一个叫多吉帕姆的姑娘走来时，他才睁开疲惫的双眼看了看这个灰蒙蒙的世界。
姑娘的名字染绿了枯黄的草原。
其实，衰老的是她，永远年轻的是藏羚羊。

冬日的阳光，鱼鳞般缠伏在山脊。
多吉帕姆赶着羊群走向河那边的远山。

帐篷里，老阿妈漫不经心地燃着手炉。

她抬起无神的目光，望着草尖，直到女儿的身影消失。

双目失明的老人已经走得走不动了，只能把冬天攥在手里。

她在心里默数着昔日看到的野岗上藏羚羊的数目，祈祷它们安然无恙。

这数目像光芒点燃了她的瞳仁。

枪声，无遮无掩地透支着可可西里。

这一声枪响，把可可西里割成了两半。

一半是恐慌，另一半是混乱。整个草原拽着白云在流动。

羊群炸窝了，草地被蹄声缀满。

为了这只藏羚羊，盗猎者的枪声已经穿越了几个夜晚。

可可西里想入睡，却失眠了。

死去的藏羚羊，被黑影背进了幽谷，

一只失去母爱的小藏羚羊，在夕阳下化为一茎枯草。

萧瑟的风把它的身体颤缩成一团乱毛。

一阵阵凄厉地哭嚎声打湿了过早爬上雪峰的月亮。

在哭嚎与哭嚎间隙，月亮钻进了云里。

白云悄悄告诉月亮：

无论你闭上眼睛，还是睁开眼睛，世界都是老样子。

多吉帕姆扔下正归栏的羊群，抱起了小藏羚羊。

小藏羚羊胸部的伤口还滴着血。

姑娘的怀抱就是它的家。

羊群继续向四方跑散。枪声使它们忘了回家的路。

枪声是一堵墙。

墙两边都有无底的深渊。

多吉帕姆抱着小藏羚羊朝帐篷走去。
夕阳把她的影子一直拽到了雪山之巅。
老阿妈什么都没有看到,但是凭感觉她知道草原上发生了不幸。
她丢掉手炉,摸索着走出帐篷,迎接女儿。
她看不见眼前发生的事情,可她知道可可西里昨天的欣欣向荣。
阿妈塌陷的眼窝镀亮了草原。
她和女儿的两个怀抱就是小藏羚羊的一个家。
坡上的草是阿妈的睫毛,它比我们所有的人都看得更远。

当天午夜,小藏羚羊死了。
多吉帕姆指着尸骸说:
你看,它的眼睛还睁着!

那声枪响过后,可可西里有了暂时的宁静。
宁静并不等于平安。
枯草尖上的阳光像玻璃,
一有风动它就碎了……

昆仑陵园

阿尔顿曲克草原的夜
星星钻进雪山深处
悄悄地坟堆站在月亮和太阳中间,隐于远方的草原或记忆长河童年的往事

兵坟
方阵
守卫

窗口亮着灯
延长着守墓人的思想
窗下,一双淋湿了的布鞋
坟头的枯草
在一个夜晚开始说话
悄悄地绿着……

格尔木河

它始终被雪山收藏着,才有那么深沉的灵魂
它悟透了或预知了什么,才那么意味深长

那些平常的夜晚,它也许会留下一些残石和灰烬,牧人舀在瓢里都是绵长的往事

秋天来了,有颗小小的水珠在河面上纯洁地滚动
我看到一个手捧鲜花的藏族姑娘对着河水哭诉爱情……

南山口

营养不良的大地
奔往拉萨的火车改变了它的颜色

这个早晨，铁道旁藏族阿妈背上的水桶晃动着走向远方
远方是比昆仑山那边更远的地方
我的感觉她是牵着火车走，越走火车离她越近
老人是赤脚还是穿着藏靴，已经看不清了。也不重要，这决定河水的深浅

列车一直在飞奔
阿妈是两个城市中间的一个重要的标点。她坚持要在永冻层背水
下一场雪多好

月夜的忧伤

月光,洁白的刺,悄悄挂在深蓝色夜空
老人的目光不含一点杂质,走进了铺着银色的草滩

下雪了
春天刚刚见好的寒腿病又开始发芽
一群藏羚羊从老人眼前仓皇逃过
他抬头望着,为什么月夜也会有忧伤

山中路灯

一块黄昏的纯金
一堆月亮的碎玉

夜走高原的多少人从这儿消失
他们带着大山的影子走向了大山

今晚,大雪过后,寒风也走了
路的尽头,谁的脚步声踩着手电的光环,徐徐移来……

手电拉起月亮的手说
我只献给荒原,我很坦荡

精彩的村庄

前有草原
背靠雪山
一条清亮的小河从街心穿过
村庄成了雪水河一处精彩的身段

被山收藏
被水传颂
看看公路上那些轮印吧——
北通敦煌,南上拉萨
西接新疆,东去西宁
村里外出打工人把小村的名声
带到四面八方

昨日的炊烟中留着今天的灰烬
明年的好日子也会有今年的故事
夜灯下
老阿妈摇起织氆氇的古老纺车
缠着她对在外乡打工儿女的长长思念
远处
夜行火车的汽笛把牧村还有纺车抬上了星空

将军楼

它睡得很实,但很真实地活着
从将军离开的那一刻,它就一直不说话
一种永恒而深刻的大度

风把他的故事锁在这间土楼里
故事里的人物像一帧插图,静静地贴在墙上
屋角的衣钩上还挂着那只行囊,当然是空的。但那还是世界上最富有的行囊

他最后一次来到小楼,无论是上攀还是下山,都是又一次飞翔
门上着锁,南北各有窗
进进出出都是新鲜的风……

暮晚中的小河

晚霞的唇轻轻地喏暗了草原
河水冲激着挤疙瘩的羊群
牧羊女站在小桥上
红缨缨牧鞭僵在空中

西天上最后一朵云彩，温柔地卧进了昆仑山
今晚，它会不会歇在牧羊女的鞭梢上？

羊群已经过河，姑娘仍在桥上远眺
上游拐弯处，还有一座小桥
马背上的小伙子正朝远方眺望
远方是很快就到达的地方

头顶一只孤雁飞过
雁，在这个暮色的时刻，草原上最甜蜜。你要学会轻一点叫，或者别叫……

旷野闲屋

今日，这里阳光偎着闲云微笑。
知道吗？就在挨着昨天的那个傍晚，暴雪还在寒风中行进。
一个未过河的藏族牧人，僵在岸边。

旷野上，一辆汽车擦着低陋的小屋呼啸着驶了过去。
小屋顶上的落日
摇了摇，却完好无损。

一条野谷拐向远处的大山。
更远处，还有一顶蘑菇样像遗址的帐篷。
它更能启发离家远行的人如何思乡！

有块石头在小屋外冰冷地蹲了十多年，
日照月磨，只是颜色越来越深，它忘却了所有的隐痛。
忽然有一天，来了一个人，
分不清是城里人还是牧村人。
他在石头前站了好久才走向帐篷，
可是篷门已经不知去向……

那曲镇

　　整个世界上只有这位妇人,缓步在荒芜的漠风中,有一下无一下地摇着经轮。
　　想把世界摇翻吗?
　　她那张树根一样苍老的脸,岁月荡起的沟沟垅垅皱纹,
成为藏北这个小镇的年轮。
　　她离小镇而去,路途漫漫……

　　小镇的另一端,岔路口。
　　还有一个年轻的母亲,站在半塌的帐篷前仰望远方。
　　她没有家园,牦牛背就是家。
　　男人放牧未归,星空下仍然是不住转动的经轮。
　　太阳即将熄灭,黑夜爬上了额顶。
　　她脖颈酸酸地望着高空星辰,星星一颗比一颗晶亮。
　　她为怀中的婴儿找到了永恒的泉眼。

　　藏北无树,却有一片片叶子随风而去。
　　月亮也无枝头可登。
　　两个母亲,一个离去,另一个守候。
　　山云渺远,一切成空。
　　一声叹息染苦了那曲小镇。
　　经轮摇动着,远去,又近了……

想起六十年代格尔木某年某月的某个傍晚

　　那场风沙快马加鞭绕过昆仑山,来到在地图上刚刚站稳脚跟的格尔木。风沙很猛且紧,也很浪漫,吹走了所有人的方向。
　　格尔木河被拦腰吹断。
　　那个黄昏显得那么漫长,接着的那个夜晚更是熬煎。

　　市中心那座最高的烟囱应着风沙倒下的那一刻,街上的行人都乱了脚步。
　　有人失去控制顺风跑着。
　　有人双手抱头逆风而行。
　　有一个拾荒老人跑着去追一只纸袋。
　　也有人不改变姿势迈着大步急急赶路,那是执勤归来的一队士兵。

　　望柳庄在闪电中猛地一亮,又暗了下去。
　　嘎巴一声,很脆。
　　这是我一生中听到的最难忘的一个声音。
　　慕生忠将军当年栽下的那棵柳树侧身倒下,却没有断裂。
　　同时,一辆走过的汽车栽进路边的深坑。
　　就在这瞬间,我孕育了一个诗的意境:这诗与风沙无关。我只想说,倒下的将军柳仍然是一棵站立的树。
　　不少茁壮都预示着死亡,
　　它呢,无根无叶地躺着依然活着!

日喀则

扎什伦布的金顶是一颗月亮？

它没有给大地光芒，却使这古老的庄园显得空旷、寂寞。摇动佛龛的风彻夜不停，碰响了僧人的门窗，还有郊野牧民取暖的牛粪火。

年楚河流过的这块地方，终年总是昏昏欲睡，唯寺院的诵经声是它的知音。每天小河流向哪儿，只有流水知道。于是，新的一天又重新开始。风比雪冷。

漆黑的夜，寺檐的铃铛在自然界自由地呼吸，它是日喀则百年前的眼神……

亚 东

再走一步,就是异域。止步。

夜里灯光把小镇勾勒得比白天更真实。这灯光是喜马拉雅山不眠的眼睛,它睁开时周围就变得一片黑暗。

深夜,所有的灯盏都累了,只剩下它还在搜寻光明。

当黎明降临时,小镇的某一部分仍然黑着。

白天,两地商客在这亮过灯光的地方相聚。人们脸上的笑是因为感受了昨晚灯光的抚摸。

有时一盏灯就是一个国家。

羊八井

　　我沿青藏公路，追赶着黄昏耀眼的光芒，向拉萨行进，途中，有一处特殊的风景。

　　羊八井。我投宿在藏家小店，没有院墙，也无楼房。

　　阳春三月，敞着窗户的小屋压着厚厚的积雪。周围的山涂着冷色调。

　　我看到屋后的杂草丛里裸露着一排排墓碑，埋着当年的修路民工。

　　我的脚步轻抬慢放，不能触动这里的宁静。

　　夜里，清冷的山脊上，悬一盏自在的月亮。

　　不眠的地热站，正缩短着夜的长度……

谷　露

缩在羌塘草原深处的牧村。

我找到它已经是次日的清晨,穿过了一个漫长的夜的隧道。

时光倒流 50 年,我们在追击一股逃匪的路上,巧遇一位藏妇在战壕里诞下了她的女婴。

重温往事,更多的是对母亲的一种由衷敬意。

如今,谷露这两个字依然留在地图上,可是当年的模样已经荡然消失。藏楼代替了牦牛帐篷,遍地是亮亮的太阳以及温室地膜上反射的莹光。

藏地盛开着那么多温暖的容颜!

一只小鸟衔着阳光从眼前飞过,我禁不住有些摇晃。

远处的草滩上有一群蠕动的羊,还有发辫上插着野花的牧羊女。她肯定不是那个出生在战壕里的婴儿,我却出奇地想到那是那个婴儿的女儿……

在羌塘草原找一个人很不容易,找五十年前的一个陌生人更不容易。

我最不会忘记的是那个战壕,从那里扬起的枪声把整个西藏的山水洗得透明清亮。

枪声早已消失,藏妇的故事也载入历史。战壕则成为谷露不朽的标记,一直贴在羌塘草原最醒目的位置。

吹鹰笛的女孩

可可西里的黄昏，终于在夹着漫天雪粒的晚风里，蹑手蹑脚地走远了。夜幕悄悄地罩在了月亮湖畔。

一只归巢小鸟抖动着翅膀顺风而飞，比山脊还低矮。天空仿佛是巨大的笼子，鸟挣脱不出，落脚于帐篷上。

帐篷里的牛粪火在夜风里低声咳着。

听，路口索玛的鹰笛声捞起了湖里银盘似的满月。

笛孔中飞出随意云彩，落在地上成了长虹。

笛孔中溢满铿锵水波，流进草滩就是一条小河。

笛声响起的中间，下起了雪。

雪比虹美，雪比河长。

月亮慢慢踮起脚尖听笛。

一伙陌生人问路：小阿妹，去月亮湖的路怎么走？

索玛打量问路人，身背杈子枪，手持绳索。她马上想到了盗猎者，又想到了月亮湖是藏羚羊的宿栖地。

机灵的索玛指指右边山坡上的哨所：那就是月亮湖的守门人！

陌生人远走，却无法高飞。

可可西里的夜静悄悄。

藏羚羊枕着月色而眠。

高悬的月亮像藏家姑娘的乳房，把荒原的夜喂养得如此肥大，嫩亮！

兵站窗台的花

在这荒原上，没人知道它的名字。无须知道。

它亮在雪山上，像放在膝前的小灯。不是开放，而是燃烧。把一切娇气拒之门外。

只为兵而开。

喝着雪水，吃着冰碴。它没有自卑感。

当班长把舍不得吃的维生素喂它时，它猛地蹿高一截，表示了感谢。

兵们就是用如此简单的方法，把美和美的态度种在了雪山上。

它很有情。

每在兵缺氧卧床时，它低下头悄悄忧伤。

有时还张开花唇，不是讨要，而是有话要说——

这天，班长的女朋友专程上山把它探望。那花陡然间变成一只小船。它要载着姑娘和班长出门，远航。

班长有言在先：慢点，我有条件，我们可以走到天涯海角，但是还得回到雪山……

唐古拉山夜灯

我翻过唐古拉山,前头的路断了。
夜色渐浓,渐变宽。回头望,
山顶歇着的那个黑点是鹰吗?它像漆黑得发亮的一个汉字,
在无边的黑夜,静立不动。它的翅膀被夜藏起,
还是那只遨飞的鹰吗?

藏北的夜,空寂,无人。
我睁大漆黑的双眼,寻找光源。
远方的远处有一粒亮光,把暗夜撞疼。
我朝它走去,它离我越来越近。
放大的美丽。
我知道那是兵站的夜灯,专为四野的夜行人亮着的夜灯。
冬夜已闭上眼睛,它亮着!

那个兵站在山顶很高很高的岔口。
屋檐的高度可以摘取星星。
灯光像天上的星星,
兵站的星星。
我想,城里的楼房再高也超越不过这盏夜灯的灯焰。

寒冷的冬夜,藏北也可以描绘出花朵。

我朝着灯光走去。今夜，我是兵站迟到的投宿者。明早我肯定是它的早起人。

在这广袤的夜的藏北荒漠上，我心满意足地只收走这小小的却温暖千万人灵魂的灯光……

山顶上的卓玛

她站在山上,还没有山高;走下山,才可以看出她高出山两指。
年年 365 天,她难得走出山里一步。

山里的女人,路就盘在地灶旁。
不知道寒冷的太阳,在天街上走得匆忙,又匆忙。

在大雪和暴风交加的山上,她等候一个给她遮风挡雨的远方人。
外出打工的男人。
她用饱满的目光轻扣着冻结的草原。
风吹过,她问风:你知道他到了什么地方?
鸟飞过,她问鸟:雪莲花开了他能不能回家?
风吹干了挂在帐篷里的牛肉串,男人没有音讯。
鸟儿衔秃了草原上的格桑花,他还没回转。

她依旧站在山上。
等候。
她只知道身边漫长的日子难熬,并不晓得外面的世界不属于她。
就知道等待,她什么也不说。
这一天,她看到有一片叶子从枝间掉下来,很像流泪的雪片。
她掏出手绢擦着眼角的泪花,轻声地说,
老啦,由不得自己了!

后来，在她死后很久以后。
风儿才开始说了，鸟儿才回答她的问话。
就连蓬满野草的小路也回忆着她的脚步。
她等候外出的男人，等死在了山上……

楚玛尔河

分不清它是从东向西流,还是从南往北淌。
沿岸的藏人正在忙碌着,迁徙。
一个婴儿诞生在牦牛背上,哗哗的流水
是婴儿畅亮的啼哭。

它流过草原后,静静地收拢着翅膀。
路越走越小的时候,阳光大量染上波涛。
拐弯处,一顶帐篷。
妇人藏起了自己的身影。
她会不会醒来,天都要亮。

当年,唯有涉水而过的进军西藏的士兵,
用一腔忠勇叩问它寒冷的流向。

就在楚玛尔河岸。
好些年好些年后,
二十岁的儿子,抱着十八岁死去的父亲的墓碑痛哭。
从北京驶来的穿过岁月的汽车,
唱起唤醒父亲沉睡的歌。

月亮祭

她贴在帐篷门上的花，会给远方的人带去黎明。
那本是一朵红花，何时改换了颜色?
白花。
花瓣在黄昏的风中抖索。

夕阳照亮了山畔的积雪。
她愿意守候熄灯的夜晚，可以触景生情望着窗月呼吸。
帐篷在炊烟里沉默。
冷风吼了整整一天，把女主人家的镜子卸成了八块。

今晚她用明月祭夫。
月儿挂在帐篷顶，月光也会照亮远方的坟茔。
夜风敲打帐篷无回音，
那面破镜能看清她身体的变化。

明晨太阳升起的时候，她就摘下月亮。
孤独的月亮，
一半给他，一半留着……

藏北土冢

风把风驱逐出藏北境地,留下星空和两座土冢。
圆圆的夕阳,贴着坟堆挂在山脊。
两个完整的句号。

一个女兵。
一个男兵。
死在不同年代,却埋在同一个地方。
奔跑比什么都重要,他们都是徒行进藏时倒在路上。
不是刺刀、枪弹的罪过。
因为缺氧他们无奈地献出了生命。
五十年前。

氧藏在水里。
氧藏在雪里。
氧藏在布达拉宫。
他们却把痛苦变成爱藏在土冢里。
年年都有陌生人来上坟。
有个牧民在坟前挖个小洞:
　　"打开窗户,孩子,呼吸一口新鲜空气,晒晒漂亮的太阳!"

可可西里的露

下哨归来。
兵干渴地站在坡上,看一棵快枯萎的茇茇草。
一柱光亮在草尖,闪烁,很鲜。
露。

兵笑了。
露激情地吃进这张笑脸。
因了兵的笑,露变大,也更亮。

露是可可西里的底色。
它从遥远的太阳湖升起。
太阳湖肯定是湖,湖外的露却是海。
湖会干。
海不死。

草尖的露,随时准备投进兵的血液。
淹死自己。
托出一个永恒的可可西里。

倒淌河

羌管吹出的那缕寒霜，至今还留在古城长安的残墙上。
一根扯不断的缠绵。

有些事必须浓缩成一个梦境。
那个流着长泪走过日月山的公主，改变了尊贵的命运，怎能没恨？
她舍弃生命制造的悲剧，成为今人美好的历程。
倒淌河始终没有回头……

戈壁花店

不必担心花的根系能扎多深；
不必忧虑花期能有多长。

记住：它会打湿六月的戈壁，还有戈壁滩那口生锈的枯井。
还记住：会有一位长得并不漂亮的藏家姑娘，她能说出这些花的所有名字。

夜 雪

落到河里,被流水漂走。
落到山坡,风把它卷跑。
落到果园里,叫醒冬眠的杏花。
落到墓地,与壮士的血融为一体。

马蹄奔驰的地方,没有雪。
——最美的花,蹄印。

二道沟

我不会忘记二道沟,这个质朴的名字。
其实它没有沟,也不见河。
只有几顶藏民的帐篷。

那年,我,一个新兵,第一次进藏。
风雪很大,冻伤了我年轻的理想。
阿妈就站在路边,递来一碗酥油茶。
喝茶的响声擦亮了天上的冷月。
漫长的进藏路上虽然有雪,可我心里旋着春风。
就这样,我带着二道沟这个名字走进了拉萨西郊的哨所。

半个世纪过去了。
阿妈的手仿佛一直在抚摸着我。
老人已经很老了吧!因为我也老了。
那碗酥油茶还是新鲜的,我喝茶的声音还是那样响。
这声响常常把我带回当年的岁月。